妹妹的新丁粄

鄭丞鈞◎著
蘇力卡◎圖

名家推薦

張桂娥（東吳大學日文系教授）：

以溫馨而幽默的筆觸刻劃出的純樸鄉土家庭劇場。平鋪直敘的對話手法，讓每一幕場景活靈活現的躍上紙面，引領讀者零距離觀察劇中兄弟、親子、祖孫、鄉親朋友之間的互動交流，臨場體驗臺灣純樸社會角落隨處可見的庶民生活百景。肢體眼神自然流露的手足情深、迎接新生命的期待與喜悅、面對生命無常的恐懼折磨、幾番爭執感情撕裂過後仍能自然癒合的情感羈絆……，在製作客家傳統慶典糕餅的文化脈絡鋪陳下，交織出一幅和樂融融的幸福願景，讓讀者看見了生命的美好，閱讀了平凡生活中的非凡感動。

張嘉驊（作家）：

客家人為了慶祝家裡娶妻或生子，多用糯米做成「紅粄」（類似不包餡的紅龜粿），拿到伯公祠去祭謝伯公。「新丁粄賽」更是臺中東勢特有的文化節目。《妹妹的新丁粄》揉合民間習俗，發展出一個「在地人的故事」，處處可見溫情。故事中新生的妹妹是個唐氏症兒，又患有心疾，必須動手術。哥哥兩人想盡辦法要做出特別的「新丁粄」來為妹妹祈福。男孩們的行動流露出純樸的天真，也讓人感受到親情的溫暖。

游珮芸（臺東大學兒童文學研究所教授）：

帶著一絲魔幻色彩的寫實小說，同時具備細膩立體的人物刻畫與洗練精妙的情節鋪陳。一開場的懸疑設定，就緊緊抓住讀者的思緒，直到最後一刻結局的安排，讀者終能鬆一口氣，與第一人稱的主角一同安心迎接唐氏症妹妹的誕生。作者以東勢客家文化的新丁粄習俗為貫穿故事的主軸，卻打破重男輕女的觀念，讓主角為有先天障礙的妹妹親手製作另類的「新丁」粄。以傳統的民間習俗與信仰為底蘊，交織出家人與手足之間無條件的愛、接納與祝福。

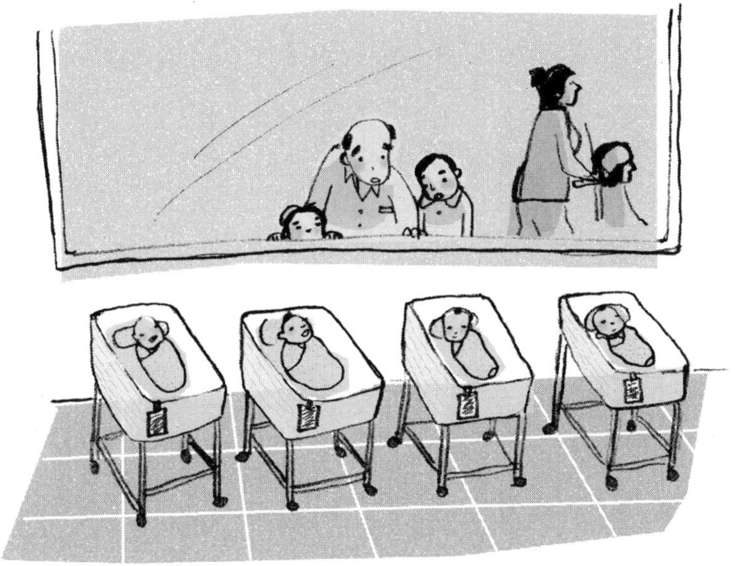

目錄

1. 沒人要的娃娃

「走開！我們這裡沒有！」

早上九點多，我們準備到臺中看媽媽，以及剛出生的妹妹。趁空檔，我在一樓上廁所，才上到一半，就聽到讀幼兒園大班的弟弟，在門外大喊。

那聲音很急、很氣，好像家裡來了不速之客。顧不得還沒上完，我提起褲頭就往外奔。

我是家裡的老大，大人們常提醒我，一定要照顧好弟弟，這是當兄長的責任。所以我千萬不能讓弟弟有任何閃失。

匆忙紮好褲頭，我看到一樓鐵捲門旁的側門是打開的，弟弟就是從那裡溜出去的。

我們所居住的第四橫街，雖然不像隔壁的第三橫街或豐勢路那般熱鬧，但門口仍常有車子經過，萬一一個不小心……

我往外衝，再扭頭一看——弟弟就站在鐵捲門邊，他完好無恙，但臉上怒氣衝天的。

「不是叫你在裡面看卡通的嗎？」我對他說。一樓有沙發、茶几，還有一臺電視。我交代他一定要好好坐在沙發上看電視。

「都是他，一直來吵我，害我沒辦法好好看電視。」

「誰？」我左看右看，短短不到四十公尺的第四橫街，除了我們兄弟倆外，一個人影都沒。

「就他啦！」弟弟伸手用力一指，就在第四橫街與第三橫街的交會處，大約離我十餘步遠的地方，有一隻土黃色的狗，正用無辜的眼

神看著我。

「哦！」我笑出來：「你說那隻狗，牠怎麼吵到你了？」

我想，可能是那條狗想在門口大小便，剛巧被弟弟逮個正著。

「才不是！」弟弟喊：「是那個小男孩，就站在那條狗旁邊，你沒看到嗎？」

上一波寒流已過，天上一顆好大的太陽正

照在我頭頂上，可是我背脊卻開始在發冷。

因為放眼望去，這一條街除了我們兩個人之外，正巧都沒人出來走動。

所以我想，弟弟又看到不該看的「東西」了。

「你沒看到嗎？」見我一臉疑惑，比同年齡層的孩子還會說話的弟弟，趕緊說：「就那個小男生呀，跟我一樣高，頭髮短短的，他應該不是我們幼兒園的小朋友，因為我從沒在學校看過他。」

「喔……」我的背脊發涼、喉頭也卡卡的，一句話都說不出來。

「他剛剛跟我說，」弟弟很認真的說：「我們家有個沒人要的小娃娃，要我送給他。」

「喔，娃娃、娃娃……」我開始能出聲，只是不知如何回應。

「對，『沒人要』的娃娃！」弟弟特別強調「沒人要」這三個字。

「那、那就給他『章魚哥』，你不是從夾娃娃機裡夾了好幾個娃娃回來，那就給他你最不想要的章魚哥，就好了……」

大人們好早以前就發現，弟弟偶爾會見到我們常人所見不到的「東西」，我現在就依大人教我的方式，先跟弟弟敷衍幾句，之後再趕緊帶他離開現場。

「才不是那種娃娃！」弟弟皺著眉頭說。

「那、那又是哪種娃娃？」

「是會哭、會動，真的娃娃。」

「我們家哪有那種娃娃？」

弟弟突然轉頭瞪我，那模樣還真嚇人，好似我才是那種見不得人的「東西」。

「我們家有，」弟弟理直氣壯的說：「媽媽不是才剛生了一個娃娃！」

「對對對，我們家有、我們家有……」我很羞愧，竟忘了待會兒就是要去看娃娃，只好故作鎮定的說：「我們的妹妹不是沒人要的娃娃，絕不能送給他。」

「沒錯，所以我跟他說，我們家沒有，可是他都不信。」

「那、那怎麼辦？」

「我趕他走，還跟他說，他要的娃娃，應該是『阿桐伯』他們家的。」

弟弟口中所說的「阿桐伯」，是個年紀比阿公還大的老阿公，他開的雜貨店——「廖阿桐商行」就在第四橫街、第三橫街街口。過年前，他家的媳婦生了一個胖娃娃，爸爸、媽媽以及阿公特地去店裡恭賀他。回來後，爸爸說平日不喜歡說笑，愛跟人計較的阿桐伯，竟呵呵呵的笑個不停。

由此可知，他是多麼疼愛他那個金孫。

現在弟弟竟要那個「東西」去雜貨店，我覺得有點不厚道。雖然我從小就害怕見到阿桐伯，但這樣的做法我不贊同。

只是見弟弟一臉得意的樣子，我也不忍心苛責他，而我現在唯一能做的，就是趕緊帶他進屋裡。

「外面有點冷，我們趕快進去。」我催促著。

「還有，等一下見到阿公，不用跟他講你看到什麼、說了什麼，知道嗎？」我叮嚀著。

話才剛說完，側門就冒出一個頭髮稀疏的腦袋，讓我嚇了一大跳。

2. 阿公

那顆腦袋還對著我笑。

「不跟我講什麼？」阿公笑呵呵的，一副慈眉善目的模樣。

阿公已快七十歲，聽大人們說，他原本是一位交遊廣闊、待人和善的土地代書。後來阿公聽信一位算命仙的話，認為自己只能活到五十五歲，於是自五十歲開始，他開始享受人生「最後」、最美好的時光，他將代書事務所收了，家裡的生計也不管，每天過著閒雲野鶴的日子。

結果阿公過了十多年的快樂日子，算命仙算好的「那一年」早就過了，什麼「事」也沒發生。

阿嬤在我國小二年級時去世，臨走前，她還在叨念阿公，說他都不幫忙家裡。

大人的事我沒法插手，我只知道阿公現在還是過得很逍遙自在，他認為自己每過完一天就是「賺」到一天，所以一切都看得很開、什麼都不在意，連我們老師說的「地球暖化」、「氣候劇變」，或是我關心的「彗星撞地球」，他都說「隨便」、「沒關係」。

也因為這種一切看淡、無所謂的態度，讓街坊鄰居替阿公取了一個「楊仙」的稱號，意思是阿公像個仙人般快活自在、無煩惱。

不過我不能像阿公那樣無所事事。身為家中的長子、長孫，我深知自己責任重大，就像我現在要做的，就是將弟弟看好。

還有，在我能力範圍內，我也要想辦法顧好阿公——千萬不要讓阿公知道有個看不見的「東西」等在家門口，以免他有「心理負擔」。

我想拉弟弟到屋內，阿公卻把側門堵住，他笑咪咪的，動都不動，似乎準備就這樣等到天荒地老。

我得說些話，化解這僵局。

「沒……沒事啦。」我尷尬的說。

阿公興味盎然的看著我，他眼睛瞇得更細、更像「弦月」，意思像在說我長大了、會編謊了。

我不是故意要說謊，我是為了要保護阿公你，我心裡吶喊。

阿公也不跟我爭論什麼，他笑著補了一句：「沒關係。」然後繞過我們，走到外頭，說：「我要去梨園做事了。」

家裡有一塊祖產，八百坪的土地被年輕時的阿公開闢成果園，種了「高接梨」，阿公說祖先傳下來的土地不能荒廢，所以現在還是每天到田裡繞繞。不像年輕時那樣積極，阿公輕鬆的看待那些梨樹，也以「最有機」的方式，對待園裡那些很容易就長高的雜草；等夏天到，有哪棵梨樹「不小心」生出了果實飽滿的梨子，阿公就會將它們摘下分送給親戚。然後，大家就會對阿公說：「你好棒」、「這麼會種梨」，那時的阿公最是得意、最是開心。

不過聽到阿公要去梨園，我和弟弟卻異口同聲的大喊：「阿公，你不要去了！」

「為什麼？」阿公問，他雖然一臉疑惑，但看起來還是那樣的「慈眉善目」。

我趕緊說：「阿公，我們現在要等二姑過來。」

「對。」弟弟也在一旁幫腔：「我們等一下要去臺中看媽媽和娃娃。」

「喔，對噢。」阿公恍然大悟的應著。

接著我要他們一老一小先進到屋裡。

寒流雖然已過，但在戶外吹風總是不好，為了盡到長孫的責任，我伸手驅趕他們。

要他們進到屋裡，還可以避免弟弟再看到不該看的東西。

只是沒想到他們一老一小卻有志一同的，說想在屋外曬太陽。

「日頭很好。」阿公用客家話說。

「很好。」弟弟也附和著。

正覺得無奈，二姑像天使一樣的來解救我了。

「你們站在路邊做什麼？」二姑開了一部破舊的廂型車來接我們，她降下車窗，扯開嗓門大喊：「你們在等我嗎？」

「才不是！」我回應：「我叫他們進到屋裡，他們就是不肯，說要在外面曬太陽。」

「不要站在外面吸廢氣，趕快上車！」二姑吆喝著。

聽到要上車，阿公滿心歡喜的進到屋內，過了一會兒，他拎出大門鑰匙。「我有把電燈都關掉喔……」他高興的說，然後拉下鐵門。

見到阿公把該做的事都做妥當後，我要弟弟先鑽入後車廂。沒想到他卻不依我，他兩腳釘在地上，臉上表情變得古怪，兩隻眼睛還撐得老大，好似見鬼了似的。

難道是……

我戰戰兢兢的順著他的視線望去，這一看，我也看呆了——因為身材乾癟得像條鹹魚干的阿桐伯，居然急急忙忙的跑向我們這裡。

我第一次看到他這麼慌張的跑著。

不像阿公那樣，阿桐伯天生就長得不慈祥，尤其板起臉孔的模樣更是嚇人，聽爸爸他們說，我小時候見到他還會大哭。阿桐伯這時為了求快，邊跑邊像章魚般舞動他的手爪，他那奇特的動作，讓我們兄弟倆很害怕。

「要、要去臺中看嬰兒？」阿桐伯氣喘吁吁的攔住阿公問，媽媽生妹妹的消息，附近鄰居早已知悉。

「對。」阿公應了一聲，臉上又掛起那和善的笑容。

「恭禧喔！」

「謝謝。」

阿桐伯的舉止太怪異，連阿公也不知道如何回應，兩人的對話戛然而止，兩位老人家就站在路邊對望。

最後是二姑打破這詭譎的場面：「爸，時間差不多，要走了。」

阿公不疾不徐的鑽入副駕駛座，阿桐伯見狀，趕忙補上一句：

「慢慢駛，要小心。」

接著二姑輕踩油門，我們就像一條魚一般，駛離這條巷子。

我從後車窗偷偷往後瞄，阿桐伯動也不動，像條乾枯的鹹魚干，立在路邊看我們離去。

這個連零頭都算計得很清楚阿桐伯，怎麼會特意離開雜貨店，花費這數分鐘時間與阿公寒暄呢？
實在太刻意了。

3. 在醫院

車子開了七十分鐘才到。如果走「四號國道」接「中山高」，再下交流道到臺中市區，時間會更短，只是二姑說她的老爺車跑不快，沒法走高速公路，所以我們才從一般道路磨磨蹭蹭、時走時停的來到媽媽生產的醫院。

在車上，二姑告訴我們待會兒看到嬰兒一定要說很可愛。阿公含糊的說聲好，古靈精怪的弟弟則追問：「為什麼？」

「你希望你妹妹醜醜的嗎？」二姑回問。

「我不要。」

「那就對了。」

「可是，剛出生的嬰兒好像都醜醜的。」弟弟很老實的說：「像猴子一樣。」

我和弟弟有看過阿桐伯的孫子，真的就長得像猴子一樣。可是大人們，尤其是那些媽媽們，一見嬰兒不管三七二十一，都是誇張的直呼：「好可愛、好可愛喲！」

「反正不管，你們一看到小嬰兒，就一定要說好可愛。」二姑霸道的說。

「如果不說呢……」弟弟小小聲的反抗。

「我今天晚上就不煮飯給你們吃。」二姑從後照鏡回瞪一眼，嚇得弟弟縮在座位裡，不敢再吭聲。

媽媽生產前後的這一個多月，二姑每天到家裡幫我們準備三餐。開學後這幾天，她還幫我們檢查功課、簽聯絡簿，所以我才說她像天使一樣。

只是天使也有她的脾氣，我們最好不要惹她生氣，免得她變成惡魔。

來到醫院，車子在地下三樓停好後，二姑帶我們坐電梯，她說媽媽住五樓的病房，我們要先去探望她。

一走進編號五〇二的單人病房，才發現爸爸已在裡頭陪媽媽。

爸爸在新社開了一間漆器工廠，生產出的木碗、木盤全外銷到日本。過完年後工廠沒日沒夜的趕著出貨，再加上媽媽生產，所以爸爸這幾日很辛苦，家裡、工廠、醫院三個地方跑。他說他最近忙得像送貨員一樣，快要以車為家了。

媽媽坐臥在病床上，好幾天沒看到她，雖然她臉上帶著笑意，但我覺得她變憔悴了。

「爸，你來了。」媽媽先向阿公打招呼，然後才招招手要我們過去，弟弟見狀，一個箭步，就撲到她懷裡。

「小心、小心！」爸爸連忙阻止：「媽媽身上有傷口，不要太用力。」

弟弟才不理會，他只管將頭深埋在媽媽的胸前，然後說：「媽，我好想妳……」

「我也很想你們啊！」媽媽笑著說，眼睛看向我這裡，以及大家。

接著我聽到欷欷歔歔的聲音，正覺得奇怪，就聽到二姑喊：「志穎怎麼哭了？」

「對啊？你怎麼哭了？」媽媽將弟弟稍稍推開，看著他的臉說。

媽媽一問，弟弟哭得更悽慘，一邊哭還一邊抽抽噎噎的說：「媽媽生了妹妹……會不會，就不要我了？」

我們聽了哈哈大笑，只有媽媽很認真的對著弟弟講：「媽媽怎麼會不要你呢？有了妹妹，媽媽還是一樣愛你，就跟以前一樣，不會變。」

有了媽媽用力的保證，弟弟這才破涕為笑，又緊緊的抱著媽媽。這一幕真讓人感動。我努力回想，弟弟和我相差五歲，五年前弟弟出生時，我也有像弟弟那樣真情流露嗎？

還在疑惑中，媽媽就招招手要我更靠近些，她說：「志明，幾天不見，怎麼突然覺得你變高好多？要不要也來抱一下？好幾天沒看到媽媽了。」

我連忙搖頭，尷尬的傻笑。開什麼玩笑，我是家中的長孫，我老早就長得比爸媽還高，我是家裡的「支柱」，以後家裡還要靠我呢，怎麼可以隨隨便便就示弱？我可要堅強、勇敢一些。

我像廟裡的大柱，頂天立地，杵在原地不動，幸好阿公這時化解我的尷尬，他在後頭很努力、很用力的對媽媽說：「嬰兒很可愛。」

「爸，你在亂講什麼？」二姑笑出來。

「對，嬰兒很可愛呀。」阿公仍堅持要說。

「你們看過嬰兒了嗎？」媽媽問。

「他們還沒。」二姑說。

「那我們一起去嬰兒房看嬰兒好不好？」媽媽提議。

「好哇！」大家異口同聲回應，喊得最大聲的就是阿公。

在混亂中，媽媽居然跟阿公道歉：「爸，很不好意思，小嬰兒她……」

「我知道，沒關係、沒關係……」阿公連忙搖手說：「生都生出來了，就好好照顧她，沒關係的。」

媽媽聽完，臉上露出欣慰的笑容，她慢慢移動身體，再牽起爸爸的手，跟著我們一起走出病房。

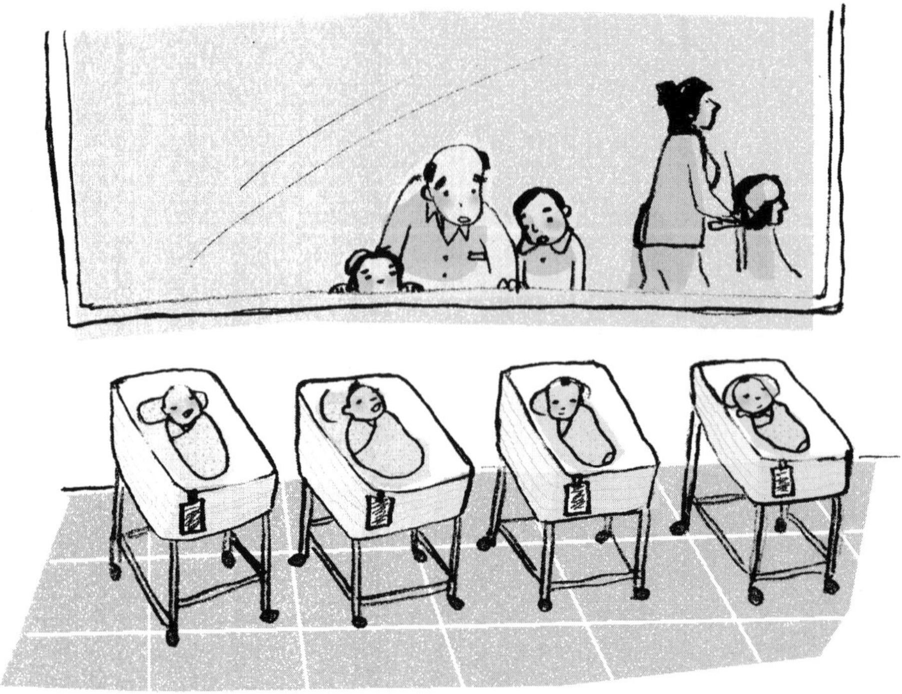

嬰兒房就在樓下，裡頭擺了二十幾個全身被裹得緊緊的嬰兒，有好多個護士在那裡忙進忙出。

我們不能直接進去嬰兒房，只能隔著大玻璃窗，看護士將我們的妹妹推過來。

剛出生的嬰兒的確長得不太好看，阿公卻直嚷著：「好可愛、好可愛……」他向我們用力點頭，也要我和弟弟跟著一齊喊。

妹妹的臉紅紅的，鼻子塌

塌的，她眼睛緊閉，舌頭則不斷往外吐。我真的覺得她好像一隻醜猴子，但是沒敢說出來，因為媽媽看她的樣子好認真、好仔細。

包裹在大毛巾下的妹妹，只露出一個巴掌大的臉蛋出來，我和弟弟看了一會兒就膩了，於是開始打探起其他嬰兒。

結果發現每個嬰兒都長得差不多，難怪電視新聞會報導，以前有人在醫院抱錯嬰兒。不過我想他們可能不是故意的，因為每個嬰兒都紅紅、醜醜，想要刻意在其中挑個好看的帶走，並不容易。

在那裡待了十餘分鐘後，我們才離開。

「很可愛、很可愛……」阿公邊走還邊喃喃說著。

接下來媽媽回樓上病房休息，我們直接到地下室吃中餐。住臺中的外婆及阿姨會送坐月子餐給媽媽吃，所以她不用跟我們到地下二樓。

本來弟弟也想跟著媽媽上樓，是爸爸跟他說要到樓下的便利商店吃簡餐，還可以順便買一小包糖果給他，他才打消念頭。

弟弟對甜食很有興趣，糖果、餅乾、糕點，只要是甜的，他都想吃。

4. 我不要

地下二樓的便利商店很寬敞、生意很好，店裡還擺了八張桌子。

我們隨意揀了一張桌子後，爸爸就帶著我們去架上選東西吃。弟弟顯得很興奮，他選了一個雞肉三明治，外加一瓶蘋果牛奶，當然還有一盒牛奶糖。我吃的是牛井，爸爸則為他自己、阿公及二姑，帶回三盒炒飯。

這些食物都經過店員微波加熱處理，熱騰騰的，還不斷冒出蒸氣。阿公一看炒飯來了，開心的點頭微笑，只是飯一入口，眉頭馬上皺起來。他好像對微波食物不太滿意。

爸爸若有所思的，跟平常樣子不太一樣，果然才吃不到兩口，他就突然停下。

他看看二姑和阿公，然後才板著臉孔，正經八百的跟我和弟弟說：「我有事情要跟你們講。」

「什麼事？」弟弟好奇的問。

「就你妹妹的事……」爸爸說。

「怎樣？」我問。爸爸做事一向俐落，他的漆器工廠雖不大，但覺得他做事、說話都有大老闆的架勢，這種吞吞吐吐的說話方式，讓我很不習慣。

「我要說了，你們仔細聽。」爸爸將話輕輕吐出：「你們的妹妹，是一個唐氏兒。」

我聽了心頭一驚。升上五年級後，老師曾花了很多時間，跟我們解釋什麼是唐氏症。

弟弟不了解，一直追問：「什麼是『糖吃兒』、什麼是『糖吃兒』啦……」

「唐氏兒就是患有唐氏症的小孩。」爸爸說。

「那『糖吃症』又是什麼？」弟弟又喊。

「志明，你知道那是什麼嗎？」爸爸轉頭問我。

我愣了一下，才用力點頭說：「我們老師有說過……」我本想再多講幾句，只是不知道為什麼，喉頭哽哽的，什麼話都說不出來了。

「唐氏兒就是，」爸爸頓了一下，接著很認真的對弟弟說：「得了這種病的小孩，會長得跟我們正常人不太一樣，他們的鼻子塌塌的、眼睛斜斜的，臉圓圓胖胖、脖子粗粗短短，身體也是這樣矮

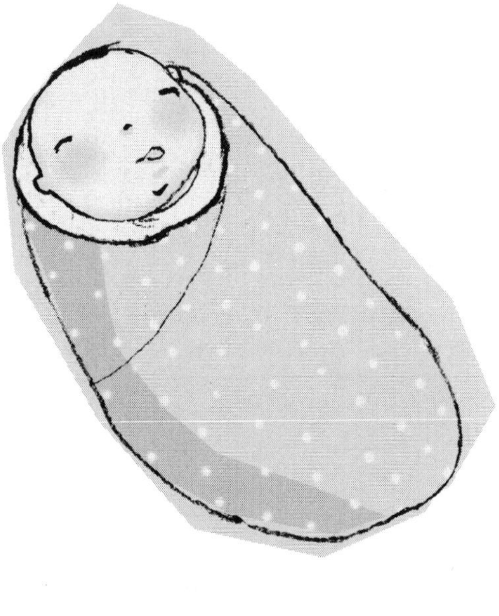

矮胖胖的……」

為了讓讀幼兒園的弟弟了解，爸爸每說一個特徵，手就往自己身體部位比劃一下。他很盡責的描述，但我看了心裡更難過，我覺得我應該比家裡的任何一位大人，都還了解什麼是唐氏兒。

還有，我終於明白為什麼剛剛離開病房時，媽媽要跟阿公說抱歉了。以前老師說的，我現在全懂了，在臺灣很多做媳婦的生出這種小孩，心裡都很有壓力，都會覺得對不起夫家。即使像那麼開朗的媽媽，以及像我們這麼開明的家庭，做媳婦的還是會想說抱歉。

「不過最嚴重的是，我上網查資料看到的，」爸爸說到最重點：「他們的頭腦不太好……」

「頭腦不好，」弟弟以他童稚的聲音搶著說：「那就是傻傻笨笨的，對不對？」

「呃……對……不對……」可能直接說傻傻笨笨的太傷人，爸爸想了一會兒，才說：「還是用不聽明來形容比較好。」

「對，不聰明，你們的妹妹雖然不聰明。」二姑說：「不過她還是一樣很可愛。」

弟弟噘起嘴巴，一下瞪向二姑，一下又瞪向爸爸。一旁的阿公則「巴噠、巴噠」的低頭猛吃炒飯，雖然覺得不好吃，但我看他快吃完整盒炒飯了。

「我不要。」弟弟突然斬釘截鐵的說。

「你不要什麼？」阿公看著弟弟的蘋果牛奶，笑著問。

「我不要這樣的妹妹。」

「你怎麼可以說這種話。」心直口快的二姑馬上斥責弟弟：「她是你妹妹耶，你要愛護她，怎麼可以說不要？」

我眉頭皺起，一方面心裡難過，一方面覺得二姑這麼一說，更難扭轉弟弟的拗脾氣。

果真弟弟一聽完，馬上一疊聲道：「我不要、我不要，我就是不要……」

「志穎——」爸爸想繼續勸他，卻被阿公打斷：「沒關係啦，在一起久了，他們就會習慣，就會相親相愛。來，我們繼續吃，你們看，我都已經吃完了。志穎，你的牛奶還要不要喝？我嘴有點乾。」

被鄰居們稱做「楊仙」的阿公，果然名不虛傳，他簡單幾句，就像變法術一般，馬上轉移大家的焦點。

「我還要喝。」弟弟立刻捧起蘋果牛奶，就著吸管，「咕嚕、咕嚕」的用力吸到肚裡。

阿公眼裡滿是遺憾，我則低下頭，有一搭沒一搭的扒飯，可是突然想到一件事，讓我差點把剛剛吞下肚的那幾口牛肉飯吐出來。

不想讓爸爸他們知道，我裝出若無其事的樣子，強忍了好久，才把反胃的感覺給壓抑下去，可是心裡的緊張、焦慮，以及各種五味雜陳的情緒，卻沒有散去，反而像開了瓶蓋的汽水，「咕嚕、咕嚕」的不斷冒泡出來。

「我想買瓶汽水，你們有沒有人想要？」阿公站起身問大家。

弟弟一直喊著的那三個字——「我不要」，讓我聯想到，早上弟弟在家門口所說的那個「沒人要的小孩」。

如果弟弟不要她，那妹妹不就成了沒人要的小孩，就要被「人」帶走了呢？

我心臟「撲通、撲通」的用力蹦跳，在難過與擔心之中，忽然覺得這一切似乎冥冥之中自有定數：早上弟弟在門口轉述的，到現在弟弟所說的，每一個環節都有緊扣到——

難道妹妹真的會被帶走？

被帶走的意思是……

一些民間故事的情節，像跑馬燈似的，開始在我腦海裡播放起來。

我沮喪得像沉落到最冰冷的湖底。腦中則一直盤旋著一個念頭——怎麼辦、怎麼辦？我這個做哥哥的該怎麼辦？

……

草草用完飯，我們搭電梯上樓跟媽媽說再見。

「你不可以在媽媽面前說你不要妹妹，這樣會讓媽媽很難過，知道嗎？」在電梯裡，二姑又在警告弟弟。

弟弟抿嘴，不吭一聲。

「你媽媽，還有我們，」二姑指指我和阿公：「大家都要妹妹，為什麼你不要她呢？」

弟弟還是不說話。他的脾氣我太了解了，有時固執起來，就像一顆緊閉的蚌殼，不管怎麼撬，都撬不開。

要讓這顆蚌殼頑石點頭，只有靠耐心及機運。

「還有，你再這麼不聽話，我就不煮飯給你吃，讓你每天餓肚子。」二姑又用她的老招威脅弟弟。

「我可以到便利商店吃。」弟弟小聲回嘴。

「你有錢嗎？」

「……」

電梯晃了一下，停在五樓。電梯門一開，弟弟立刻衝出去找媽媽。

我們快步跟上，阿公則在後頭輕描淡寫的說：「沒關係，都是兄妹，早晚會玩在一起的，不要急……」

進到病房，又見到弟弟與媽媽抱在一塊。

這畫面很動人，連我這個有鋼鐵意志的男生，都不得不承認這是一幅美麗的畫。

媽媽以為弟弟臉色變得這麼難看，是因為捨不得離開她，所以不停的出聲安慰：「媽媽再住幾天就回去，你在家裡要乖乖的喔；還有，你要聽阿公、二姑，以及哥哥的話喔。」她說這話的當下，沒見到弟弟正和二姑對視。

「我有跟志明、志穎講妹妹的事了。」爸爸說，他走到媽媽面前，擋在弟弟和二姑之間。

「這樣啊……」媽媽看向弟弟，又看向大家。

見到媽媽眼睛有點水水的，我趕緊挺身而出：「媽，妳放心，我會好好照顧志穎，也會好好照顧妹妹的，如果有需要，我會保護妹妹一輩子。」

我說得慷慨激昂，一時激動，眼淚差點就要噴出來。不過身為長子、長孫，我不能隨便示弱，我吸吸鼻子，故意挺直身體。還有，這些話我說得信心滿滿，但我知道要做到完美，其實不容易。

媽媽又招招手要我過去抱抱，我一扭捏，連臉都開始燥熱起來了。

媽媽也想和阿公說話，只是喊了一聲「爸」後，話卻哽在喉頭出不來。

「雅玲，妳好好休息，我們要先回去了。」二姑趕緊跳出來說話。

「對，沒關係，多休息。」阿公一直搖頭、搖手，表示他真的覺得沒關係。

「妳不要想那麼多，先養好身體。這樣的孩子到我家，代表我們是有能力、有福氣的人家。還有，我聽人家說——」二姑故意將話說得大聲一點點：「這樣的孩子會為家裡帶來財富呢！」

弟弟一聽「財富」兩個字，眼睛都睜亮了。

「好啦，我們該回去了，讓媽媽好好休息吧。」二姑一伸手，拉起倒在媽媽懷裡的弟弟，接著給我使眼色，要我跟媽媽道再見。

5. 阿桐伯又來了

回家的途中，本以為二姑又會與弟弟吵起來，沒想到弟弟一上車，就呼呼大睡。

一個巴掌拍不響。見弟弟睡覺了，二姑反過來安慰我，她說見我一直悶不吭聲，一定是為了妹妹的事煩憂，她勸我不必如此。

「如果可以的話，我想認養你妹妹。」二姑果真像個天使一樣，有愛心，也有耐心。

「我真的有動過這念頭喲。」她特別強調。

只是自己的妹妹，怎麼可以隨意就送給別人呢？

我一定會好好照顧她，絕不會不要她的。

阿公也在一旁幫腔，只是他一直東拉西扯，說不出一個完滿的意思，只好一直念著：「沒關係、沒關係。」

我勉強笑了一下。我沒法將早上在家門口發生的事告訴他們，有心事藏在心中，真的像魚刺卡在喉嚨一樣，好難過。

七十分鐘後，車子回到第四横街，我忐忑不安的搖醒弟弟。

果然他一醒來，就傻愣的望向窗外。

難道他又看到「那個」了嗎？

我鼓起勇氣搜尋那隻土狗的身影，卻見到一道黑影，張牙舞爪的飄向我們這兒。

原來是阿桐伯又來了。

「看到你車子進來，我、我就過來了……」阿桐伯氣喘吁吁的對阿公說。

看他上氣不接下氣的樣子，再加上今天特意來了兩趟，我知道我們家一定有什麼讓他在意的事。

只是，是什麼事呢？

「那個……」阿桐伯深吸幾口氣，讓氣息調勻後，又突然急急忙忙的說：「今年做新丁粄，可以讓我贏嗎？」

阿公聽了一臉詫異，等意會過來，馬上咧開嘴巴，「呵呵呵」的傻笑。

「三十多年前，你兒子跟我的小兒子同年出生，我們不是有一起比新丁粄嗎？」阿桐伯說。

「有啊。」

見到阿公如此輕描淡寫，阿桐伯有點憤憤不平：「那一年，我只有拿到第二名。」

「我不是故意的，」阿公馬上解釋：「我只不過叫人多加了半斤，結果就……」

「所以今年換我拿第一，這才公平。」阿桐伯盯著阿公看。

「喔，」阿公愣了一下，接著馬上答應：「好哇。」

沒想到阿公回答得這麼爽快，阿桐伯支吾了一會兒，一張乾枯的老臉才開始綻放出笑意。

「你說的喔，不能反悔喔！」阿桐伯說話的方式，像低年級的小朋友，我想如果我們不在場，說不定阿桐伯會伸手和阿公勾指頭、蓋印章呢！

「放心，我們不跟你搶第一，我們目前也沒打算要做新丁粄。」阿公說。

「真的喔、真的喔，不能反悔喔。你也知道我這個人的個性，我就是喜歡拿第一。」

阿桐伯開心極了，都快手舞足蹈起來，他踏著輕快的腳步，回到

他轉角的雜貨店。那種愉悅的步伐，一般來說只在低年級的小朋友身上出現，尤其是他們出外遠足時更容易見得到。

阿桐伯所說的做「新丁粄」，是我們這裡特有的習俗。

我們這地區靠山區，很多事情——比如上山砍伐、拖拉木頭，都需要力氣大的壯丁才做得來。所以古早時代只要有男丁出生，家裡的人就會非常開心，在過年期間會為他們製作紅色、像大龜的「粄」，然後在元宵節那天，拿到伯公廟（土地公廟）裡祭拜。

所以「新丁粄」有感謝上天賜福，祈求子孫平安長大的意涵。

至於阿桐伯說的拿第一，是後來衍生出的活動，人稱「鬥粄」：鬥鬥看誰做的新丁粄比較大、比較重，就可以獲得較多的獎金，而在競賽中得第一的人家，也會覺得非常光采。

「人生計較那麼多幹嘛？」見到阿桐伯走遠，阿公轉頭對我和弟弟說。

走過人生重要「關卡」的阿公，偶爾會發出這樣的感嘆。

「喔。」我隨意點了幾下頭。我正忙著將弟弟拉回屋內，這事比較要緊，我不想讓剛睡醒的他，在外頭受風寒。

弟弟迷迷糊糊的任我擺布，睡眼惺忪的他，卻突然含糊的喊了一句：「我不要……我不要這種傻妹妹。」

這話可把我激怒了。

「媽媽會難過你知道嗎？」我斥責他。

「你怎麼可以說這種話？」我用力扯他。

我還想說，萬一這話被外頭的那個「東西」聽見了，那還得了？弟弟怎麼會傻到想和「外人」裡應外合，連手將妹妹推出去呢？

「我就是要。」弟弟醒了，他從軟趴趴的魚板，一下就變成堅硬的鐵板。當他固執起來時，還真難扳動他。

我又惱又怒，不過老天爺還算照顧我，生氣之餘，忽然靈機一動，想到一個不錯的點子。

如果這個點子成功，說不定就能改變命運，把原本的定數，變為另一種定數！

人家都說事在人為，所以我要努力去嘗試、去開拓！

「阿公，我跟弟弟出去一下。」我於是對著屋內喊。

「喔，要去哪裡？」

「去一個地方。」

「喔，要早點回來喔！」阿公就是這樣，什麼事都不在意，連我在「呼嚨」他，他也不管。

「好。」說完，我就拉著弟弟往外走。

「我們要去哪裡？」弟弟問。

「等一下就知道了。」我面無表情的對他說。

6. 東光幼兒園

我要去一個神聖的地方，因為那地方很神聖，所以出門時，我一點都不懼怕門口會出現什麼「東西」。

「到底要去哪裡？」弟弟問。

我硬是拖著他走，粗魯的舉止及嚴肅的神態稍稍嚇到弟弟。就著這威勢，我繼續拖著他前往目的地。

從第四橫街來到第三橫街，我眼角餘光瞄到阿桐伯正在找零錢給顧客。接下來我左轉到圳邊道路去。這附近是整個小鎮最熱鬧的地區，商家林立，街上熙來攘往，再加上還算是在過年期間，所以一片喜氣洋洋，熱鬧得不得了。

「你要帶我去哪裡？」

為了增加一點懸疑性，引誘他繼續跟我走，我於是說：「去一個好地方，等一下你就知道。」

從圳邊道路再往上走，人潮就沒有那麼多，不過兩邊依舊是商家，店裡都還放著新年的音樂。爸爸說，這條圳邊道路原本分左右兩條小路，中間是一條古早時期灌溉用的大水圳，水圳的兩旁則種滿枝葉扶疏的柳樹，他小時候常在這裡捉金龜子以及螢火蟲。

後來鎮公所把水圳加蓋，兩條小路合併成一條馬路，圳邊道路就更加熱鬧起來了。只是每次聊到這兒，爸爸總會遺憾的說，從此這裡只能看到灰塵及垃圾，螢火蟲和金龜子就再也沒出現。

爸爸的過去我來不及參與，但我和他的未來，可要小心謹慎，因為圳邊道路有很多商家都把貨品擺到馬路旁，行人經過時，要和汽機車爭道，如果一不留神，很容易就會被急駛而過的車子給撞著。

戰戰兢兢的走了幾分鐘，我們的右手邊出現一道白色的圍牆。乾淨無瑕的圍牆連綿十餘公尺，和灰黑的柏油及隨意亂停的車子相較，白牆顯得聖潔又莊嚴。突出白牆之上的，是那枝葉繁茂、排列整齊的龍柏；如果將頭再稍稍往上仰，越過樹稍，就可以見到那鋼製的天主堂十字架，在陽光照耀下閃閃發亮。

「啊！我知道這是哪裡！」弟弟高呼：「這是我們的『東光幼兒園』！」

其實更正確的說法應該是「東光天主堂」，這個天主堂占地很廣，神父還在裡頭創辦一所幼兒園。

「沒錯。」我冷冷的說。

「你帶我來這裡做什麼？」弟弟說：「我平常上學不是走這一邊的。」

知道我的目的地是天主堂，弟弟的步伐明顯變慢了。天主堂有兩扇門，一扇設在豐勢路上，一扇設在圳邊道路這邊。弟弟平常上學都走豐勢路那邊，因為沿路都有騎樓，平常阿公帶他上學，走在騎樓中，既能遮風又能避雨，非常方便。

至於我們為什麼要走圳邊道路這邊，是有原因的。

「你對妹妹不好，不要她，所以我要跟你們老師講。」我一臉正經的說。

「哼，今天是星期六，我們老師才沒有來學校。」古靈精怪的弟弟對我的威嚇並不在乎。

「我也不是真的要來找你們老師。」

「那你帶我來幹嘛？」弟弟問，我和他現在就站在天主堂的大門口，紅白相間的教堂矗立在我們前方不遠處。這地方對我來說，既熟悉又帶點陌生感。

從小班、中班一直到大班，我都讀這所幼兒園。因為待了三年，我對這裡的一草一木，以及沙坑、遊戲器材、廁所的位置，都熟悉得不得了；只是我快六年沒進來這裡，所以又有點近鄉情怯的陌生感。

「你現在敢進去嗎？」我用激將法。

「為什麼不敢？」

「好，那我們就進去吧。」其實是我不太敢進去。一方面是已經不是這裡的學生，再加上天主堂總是帶點肅穆感，那氣氛逼得我這個平時不大做壞事的人，都開始緊張的找尋自己身上，還有沒有未洗滌乾淨的罪過？

現在有弟弟作伴，我就更敢進去，因為他犯的過比我還多。

圍牆內很安靜。天主堂果真是個神聖的地方，一進到草木扶疏的園區，外頭汽機車的呼嘯聲，以及其他吵雜聲，都變得好遙遠。小心翼翼的走了十幾步，連一個人影都沒見到，可能是我們來的時機不對，做禮拜的人都已散去，不過這樣更好，更能達到我的目的。

我們走過教堂，下了幾個階梯，經過廁所後，來到小圓環。圓環裡仍留著那幾棵常受小朋友「摧殘」，而沒法長大的龍柏。圓環的一頭是小朋友的遊樂園，沙坑以及遊戲器材還留在那兒，一點都沒改變。圓環的另一頭是辦公室。

我將前進的方向對準辦公室。

敏感的弟弟馬上問：「我們要去哪裡？」

「去辦公室。」我冷靜的說。辦公室的外觀設計得像小小的教堂，它一樣有挑高，一樣有兩側傾斜的屋瓦，不過和教堂最大的不同點是，它裡頭黑麻麻的，看起來像審判壞人的地方。為何這麼說？因為我小時候曾看過做錯事的小朋友，哭哭啼啼的被拉進去，等他出來時，像獲得了重生一般，乖得不得了。

「我才不要進去！」弟弟馬上抗議：「只有不乖的小朋友才會去

那裡。」

「你就是不乖，所以才要去那裡。」

「我哪裡不乖？」

「有。」我斬釘截鐵的說：「你說不要妹妹，那就是不乖。」

「我不要，我要留在這裡玩。」弟弟開始耍賴，於是我和他拉扯起來。

爭執了一會兒，可能是驚擾了寧靜的園區，讓上帝也看不下去了，於是派出祂最佳「代言人」來處理——

「蕭朋悠，你們哉捉繩摸？」怪腔怪調的國語飄過來，翻成正常的音調就是：「小朋友，你們在做什麼？」

我一聽，精神馬上振奮起來，因為羅神父來了。

外國籍的羅神父，總把國語說成那樣。果然他在辦公室裡，我來這裡就是要請好心的羅神父幫幫忙。

「羅神父，我叫楊志明，他叫楊志穎。」我對著那慈祥的身影喊。

「我知道，他是個調皮鬼。」頭髮全白，年事已高的羅神父，頑皮的對弟弟眨眨眼。

「羅神父，我想請你幫忙，不知道你有沒有空？」我誠心誠意的說。我永遠記得五年多前，要從幼兒園畢業時，羅神父曾對我們畢業生說，歡迎大家回來找神父聊天，有什麼困難，也可以找他幫忙。現在我長大了，知道大人有時只是說說場面話，不一定真的在承諾，但我還是希望神父能幫幫我。

「喔，什麼事？我們到辦公室說，好不好？」羅神父似乎有空，他五年多前的應允是真的，不是唬騙小孩的。

「我不要！」弟弟仍堅持。

「神父不會罵人——至少在過年時不會罵人的。」羅神父又對弟弟眨眨眼，然後說：「辦公室裡有糖果，很好吃喔。」

「有糖果喔。」弟弟也跟著眨了眨眼，他似乎已被神父的「神力」控制住，於是乖乖的跟著我們走。

7. 約瑟的故事

過了二十多分鐘，我牽著弟弟，沮喪的走出那黑麻麻的辦公室。

在那二十餘分鐘裡，弟弟總共吃了三顆糖，嘴巴還不斷發出「嘖嘖」的吸吮聲，窘得我想拿本聖經，直接蓋住他嘴巴。

羅神父仔細聽我說完原由後，很努力的規勸弟弟不可以不要妹妹，還說了一個「約瑟」以及他兄長的故事。

「雅各生了十二個兒子，其中約瑟是最小、最被疼愛的兒子。因為最被疼愛，雅各還為約瑟做了一件漂亮的彩衣呢。」神父說。

「喔，我沒有彩衣，我只有過年的新衣。」弟弟漫不經心的回應。

「有一次約瑟做了一個夢，他夢到哥哥們捆的禾稼，都向自己的禾稼下拜。他把這個夢告訴哥哥，結果哥哥們都很生氣。」

「什麼是禾稼？」弟弟問。

「就是麥稈。把一根根的麥稈捆成一大捆，就成了禾稼。」突然要跳脫故事情境做解釋，神父有些吃力的繼續說：「接著約瑟又做了第二個夢，他夢到太陽、月亮，及十一顆星星都向他下拜。」

「嗯，我不太會作夢。」

「約瑟又把這個夢告訴哥哥。這次不僅哥哥們生氣，連爸爸也生氣了，他爸爸雅各怪他，說連我和媽媽也要向你下拜嗎？」

「這一家人很愛生氣。」

「十一個哥哥很討厭約瑟，所以就騙爸爸雅各說，約瑟被野獸咬死，其實約瑟是被哥哥們賣去當奴隸。」

「他的哥哥很壞。」弟弟看了我一眼。

「不過因為約瑟很會解夢，所以他就用他的能力，替埃及法老王解夢。」

「什麼是解夢？」

羅神父不理會弟弟，繼續說他的故事：「約瑟幫助埃及度過七年的旱災，所以法老王很喜歡約瑟，讓他做大官。」

「王老師說，我們以後不可以像電視上那些人，只想做大官，不去做大事。」

王老師是弟弟幼兒園裡的老師，從前她也教過我。羅神父的嘴角已往下撇，我猜他可能不喜歡王老師跟小朋友說這些。

「後來約瑟偷偷回家，發現他的哥哥們都因為饑荒，而變得很可憐。」

弟弟又含著糖看向我。

「約瑟做了一個測試，發現哥哥們都已改過向善，都很愛護下面的弟弟。」

「什麼測試？」

「以後再說，」羅神父揮揮手要弟弟不要隨便插話，「於是他就把他爸爸，以及所有哥哥都接到埃及去過好日子了。」

說完故事，羅神父很認真的看向弟弟：「知道我說這故事的用意嗎？」

我和弟弟都用力的點頭。

「神父，你以後可不可以說『諾亞方舟』的故事，我比較喜歡這故事。」弟弟補了幾句。

「以後再說，」羅神父又要弟弟不要亂插嘴，然後他問弟弟：「你會不會好好照顧你妹妹？」

弟弟眨巴著眼睛不說話。

「那我們現在為你們的妹妹做祈禱。她的降臨，是天主的恩賜，我們要好好愛她。」我聽了很感動，見神父畫聖號，又雙手合什做祈禱狀，我們也趕緊依樣畫葫蘆。

我和弟弟都不是教徒，但在「東光幼兒園」讀過的小朋友，都很清楚祈禱時該做什麼動作。祈禱對我們來說，如同喝水一樣，三不五時

就要來一下。

祈禱完，剛巧有人走進辦公室，羅神父於是趕忙把我們送出辦公室。

「小朋友，我要忙了，你們要好好愛護妹妹喲。再見！」

我很了解弟弟，看他的樣子，根本沒有「回心轉意」，下午這一趟白來了。

我於是沮喪的牽著弟弟走出辦公室。

我當然不怪神父，我也很謝謝他為我們說了一個約瑟的故事，所以我只能怪弟弟，他就像電視裡的酒駕廣告一樣，太不上道了。

「你幹嘛走路手插口袋？不是跟你說過，不能邊走邊插口袋的嗎？」我開始挑弟弟毛病。

沒想到他左手一從口袋抽出，一顆巧克力糖就從袋口跌出來。

原來他趁我們不注意時，偷偷藏了好幾顆糖果到口袋裡。

我嘆了口氣，跟他說：「等一下要吃飯，不可再吃糖，知道嗎？」

弟弟點點頭，眼巴巴的看著糖果被我沒收。

「還有，不可以把糖果放口袋，你有次把糖果放在口袋，結果被送到洗衣機裡洗……還記得那一次嗎？」

弟弟又點點頭，仍眼巴巴的望著我手裡握著的那幾顆糖。

這時太陽已偏斜，太陽的熱力一弱，冷風又順勢強勁起來，我縮起脖子，牽著弟弟，默默的走回家去。

8. 硬著頭皮

回到家，二姑已在廚房為我們準備晚餐。大人常在嘴上威脅小孩的話，有很多是嚇唬用的。像二姑下午說的，不煮飯給弟弟吃，我跟她都心知肚明，根本是不可能的事。

他們也可能認為弟弟在醫院說的那些話，是一時天真，一時不得體，只要大人當場有叮嚀到，就不用再理會。不過我卻無法等閒視之，我一定要讓弟弟回心轉意。

吃完晚餐，弟弟和阿公在一樓看電視。一個刻意忘年，一個尚在年幼，但同樣都為了某個唐突滑稽的畫面哈哈大笑。歡暢的笑聲從一樓傳送到三樓的臥室，稍稍打亂我的思緒——我正躺在床上，思考下一步該如何做。

我想找某個人幫忙，自中午知道妹妹的狀況後，我心裡就一直有這念頭。

就像今天下午去找羅神父一樣，我不大想跟家中大人商量這件事。阿公什麼事都不管，爸爸在外頭忙東忙西，還沒回家；況且我這點子應該也不是什麼餿主意，如果與二姑討論，性急的她，手腳會比我更快也說不定！

我已經夠大，身高都比爸媽高，我應該像家裡的支柱，獨自擔起照顧的妹妹的責任。只是如果真的要去找她，我會覺得有點不好意思。

如果你在我這年紀，或是你走過這年紀，對它還有點印象的話，你就能體諒我。

躺了幾十分鐘，弟弟進來房間睡覺。他有個優點，九點一到，就會打起哈欠，自己上床睡覺。

「哥，你要睡了嗎？」

「還沒。」

「那你躺在床上做什麼？」

「想事情。」

「想什麼事？」

「不告訴你。」

「好，那你繼續『不告訴我』，我要關小燈睡覺。」

「你刷完牙、尿尿了沒？」

「都好了。」

「晚安。」

「晚安。」

不到一分鐘，弟弟就已睡去。在昏黃燈光中，我做出最後決定，為了妹妹，還是要硬著頭皮去拜託那個人。說不定經由她的幫忙，弟弟就能接納妹妹。

第二天是星期天，我到十點多才出門。弟弟留在家中與阿公做伴，我獨自出門。

「要去哪裡？」阿公問。

「去一個地方。」

「好。」阿公馬上點頭，他除了制式化的交代，要我早點回來之外，今天還多說幾句話：「看你愁眉苦臉的，是有什麼事嗎？來，跟阿公講，阿公幫你。」

我很謝謝他。

只是他一定回我：「沒關係，事情沒那麼嚴重啦。」

或是：「不要管他，過幾天就好。」

我不想再拖幾天，早點解決我才放心。我給阿公一個感謝的微笑後，走出家門。

我要去的地點同樣是東光幼兒園，不過今天要從豐勢路過去。懷著忐忑不安的心，我快步走過路旁的店家。路途其實很短，不到四分鐘就已接近目的地。

才看見「東光幼兒園」這五個紅色的鏤空字，就聽到有人用含糊的聲音，喊我的名字：「楊之咪！」

聲音傳出的地方，有兩張熱情的笑臉望向我。我很不好意思看向她們，笑臉的主人都有些胖胖的，她們是一對母女檔，就站在自家門口，門前的騎樓擺著一個掛有「紅豆餅」招牌的小攤子。她們在賣紅豆餅，她們家隔鄰就是東光幼兒園。

「他是誰？妳同學嗎？」媽媽問女兒。

「嗯，他是『楊之咪』。」胖胖的女兒回答，她臉上還掛著一副

紅豆餅

遠視眼鏡，鏡片有點厚，圓圓的，就像兩個紅豆餅掛在臉上。

「伯母妳好，我叫『楊志明』，是郭如瑤的同班同學。」我趕緊向媽媽澄清。她女兒都把我叫做「楊之咪」，不過我知道她不是故意的，老師說那是因為她的口腔構造跟我們不太一樣，所以沒法將話說得字正腔圓。

「楊志明你好，很謝謝你照顧我們家如瑤。」說完，那位熱情的媽媽就對我三十度鞠躬。

「沒、沒……」我連忙喊，從沒有長輩這樣對我，我一面搖手，一面慌張的從她面前跳開。

「呵呵呵……」見我手忙腳亂，郭如瑤發出呵呵的笑聲。其實我在班上並沒有很照顧她，我甚至還有些……嗯，故意躲著她。

不是我欺負她，是因為在五年級下學期時，她曾跟一些女生說她很欣賞我，害我從此以後都盡量躲著她。

昨日進天主堂會特意撿圳邊道路旁的那扇門走，也是這原因。

「來，給你紅豆餅吃，我們家的紅豆餅很受歡迎喔！只要是如瑤的同學來，我都會請他吃紅豆餅。」如瑤的媽媽包了一個熱騰騰的紅豆餅，送到我鼻尖前。

我知道這家紅豆餅很受歡迎，也知道下午三、四點時，買紅豆餅的人很多，常要排隊，可是我來這裡不是要吃紅豆餅。

「楊之咪，你來找我嗎？」郭如瑤笑呵呵的問我。

「沒、沒……」我趕忙搖手，可是又覺得這樣的回答方式不對，趕緊又說：「不是、不是，我……」

「那你是來找我囉？」郭媽媽很愛開玩笑，可是她說對了。

「沒錯。」我說。

「啊？你找我做什麼？」郭媽媽有些訝異。

「郭媽媽，我想請妳幫忙。」我嚥嚥口水，覺得口乾舌燥的。

「幫什麼忙？」

「我的妹妹，她上個禮拜出生，是個唐氏兒……」

「歐——麥尬！」說話的是郭如瑤，她的英文發音比中文還標準。自從英文老師解釋過這句話後，「Oh My God.」就成了郭如瑤的口頭禪，只要班上發生了什麼讓她覺得驚奇的事，「歐——麥尬！」就會從她嘴巴脫口而出。

「那不是跟我們家如瑤一樣嗎？」郭媽媽驚呼。

郭如瑤是我們班上的特殊兒童，她是個唐氏兒。班導及輔導老師曾花很多時間與我們溝通、說明，還教我們如何與她相處，所以我才說我對唐氏症比爸媽他們還清楚。

「我一定會幫你，你放心。」郭媽媽說：「你媽媽現在人呢？還有你妹妹呢？我想跟你媽媽談一談，可以嗎？」

「我也要看妹妹、我也要看妹妹！」郭如瑤也在旁邊喊。

「我媽跟我妹現在人在臺中，她們的情況還不錯。」我說：「我想請郭媽媽與我弟弟聊一聊。」

「跟你弟弟聊？為什麼？」

「我們昨天到醫院看妹妹，」我停一下，又說：「他說他不要這樣的妹妹。」

「哼，我要打他屁股。」郭如瑤說。

「如瑤，不可以這樣，妳再這樣，我就要打妳的屁股喔。」郭媽媽制止她。原來郭如瑤嘴裡常說的「打屁股」，是從她媽媽那兒學來的。

郭媽媽接著對我說：「所以你才要我跟他聊一聊，是不是？」

我用力的點了好幾下頭，然後把弟弟不要妹妹的原因，簡單說了一下。

接下來事情的變化，超乎我想像，熱心的郭媽媽居然不管紅豆餅攤，她包了十餘個剛出爐的紅豆餅準備「衝」到我家。

「我一定會跟你弟弟好好聊一聊。」郭媽媽慷慨激昂的說。

我很感謝郭媽媽，可是又有點擔心，我很怕明天班上會有傳言，說郭如瑤到我家做客。

「來呀，既然你弟弟在家，就帶我去找他呀！」郭媽媽將紅豆餅攤交給郭爸爸後，就帶著郭如瑤走在前頭，還不停的招手要我帶路。

一開始我裹足不前，心裡七上八下，不知如何是好，後來見到母女倆一臉真誠的模樣，於是把心一橫：既然人家都這麼熱心了，我還顧忌什麼？

況且是為了妹妹，什麼困難我都應該要克服！

9. 好吃的紅豆餅

見到那十幾個紅豆餅擺在家中的茶几上，弟弟的眼睛都亮了。十幾個紅豆餅比十幾個新年紅包還吸引弟弟，因為那些紅包都必須交給大人保管，所以弟弟對它們一點興趣都沒。

簡單介紹完彼此，郭媽媽吆喝大家，品嚐她帶來的紅豆餅：「除了有紅豆口味，還有奶油、芋頭、蘿蔔絲……來，快趁熱吃。」

「太、太好了。」阿公眉開眼笑的：「那我就不客氣了。」

「我們的紅豆餅攤就開在東光幼兒園旁。」郭媽媽特地強調。

「我知道、我知道，唔、唔……」阿公用力咬一口，差點被燙到，只好「唔、唔、唔」的不停吹氣。

「小心、小心，喜歡吃，以後我再多帶點過來。」

阿公吃完一個奶油餡的之後，咂嘴弄舌的跟郭媽媽說：「你們家紅豆餅生意很好，我每天下午都會到東光幼兒園接我孫子，每天都看見你們家紅豆餅攤大排長龍。」

「都是大家幫忙、都是大家幫忙。」

「真的很好吃，可是阿公都不去買。」弟弟埋怨著，他剛吃完一個，眼睛又滴溜溜的看著袋裡其他的。

「要排很久，很累。而且你媽媽也說，你不可以吃太多甜點。」

阿公說。

「我們也有做鹹的，最近在開發泡菜口味，就快上市了。」郭媽媽做完廣告後看向弟弟：「小朋友，你喜歡吃我們的紅豆餅嗎？」

「喜歡。」弟弟眼巴巴的看向郭媽媽，他心裡一定是希望她能再主動拿一個給他。

「你知道這些紅豆餅是誰做的嗎？」

「妳做的。」

「不只是我，還有這位大姐姐，她是我的女兒。」

「大姐姐妳好，妳做的紅豆餅很好吃。」弟弟的嘴巴就是這麼甜、這麼容易隨風轉舵。

「我女兒跟你剛出生的妹妹一樣，是唐氏兒喔。」

「啊，很好、很好。」阿公應了幾句，忽然覺得說得不對，趕緊再說：「沒關係、沒關係。」

弟弟睜著那雙無辜的大眼看向郭如瑤，郭如瑤咧嘴對他笑了笑。

「得到唐氏症的小孩，可能腦袋會不太靈光。」郭媽媽繼續說。

郭如瑤輕輕敲了兩下腦袋給弟弟看，然後用她特有的「臭奶呆」口吻說：「可是我很努力。」

「除了努力，他們也很熱心、開朗，很喜歡展現自己。」郭媽媽補充。

「還很會做紅豆餅……」弟弟喃喃說著，他對郭如瑤的興趣不大，他只在意桌上那些紅豆餅。

「對！」郭媽媽聽了開懷大笑，她特意湊到弟弟面前說：「所以，以後你妹妹也很會做紅豆餅喲。」

「真的嗎？」弟弟驚訝的說。

「真的，她跟這位姐姐一樣，都是唐氏兒啊，以後她可以到我們的紅豆餅攤，跟我一起賣紅豆餅。」郭媽媽伸手拿了一個紅豆餅給弟弟：「你還要不要吃？」

「要。」弟弟的口水都快流下來了。

「那你要不要喜歡妹妹？」

「要。」弟弟猶不遲疑的答應。

聽到這兒，我眼淚差點就要滾下來。

家裡的每個人都要妹妹，再也沒人能用「沒人要」的理由，將妹妹帶走。我好感激郭媽媽，還有，嗯，郭如瑤，她們都是我們生命中的「貴人」，是冥冥之中自有定數，過來幫助我們的貴人。

「妹妹現在還很小，你要好好照顧她，等她長大後，才有機會做紅豆餅給你吃，知道嗎？」

「知道。」弟弟像一隻餓極了的小狗，眼珠子隨著郭媽媽手上的紅豆餅上下左右轉動。

「那就快趁熱吃。」郭媽媽終於將紅豆餅塞入弟弟的手中。

「謝謝！」弟弟帶著撒嬌的聲音說。

我望向郭媽媽，眼裡盡是感謝及感動。果真是「事在人為」，我有努力，上天就會派遣「貴人」來幫助我們。

郭媽媽和阿公又聊了幾句後，才帶著郭如瑤離開。

郭媽媽她們前腳才剛走，二姑後腳就踏進家門。好心的她，又來為我們準備中餐。

「哇，怎麼有紅豆餅？」沒人回答她，阿公和弟弟正在大嚼特嚼，我則沉浸在幸福的光輝中，不想多說話。

全家人能相親相愛，讓我覺得好幸福。雖然知道這個妹妹日後會讓我們忙得手忙腳亂，忙得氣喘吁吁。為何會這樣說？因為郭如瑤偶爾就給我們考驗，比如有一次，我們全班出動，一起到校園找尋她的下落；還有一次，她竟沒穿衣服的從廁所裡衝出來……

「哇，還是東光幼兒園旁的那一家。」二姑見到包裝袋上的商家名稱，又繼續在那兒大呼小叫。

最後是我拿起整袋的紅豆餅請她吃，她才住口。

「唔、唔……」二姑大口大口的咬，因為吃得太急，內餡都從她嘴角爆出，不過很快的就被她舌頭舔得一乾二淨。

「怎麼有人能做出這麼好吃的紅豆餅？」二姑幾口就吃完一個，忍不住大嘆。

「是一個唐氏兒做的。」我說。

10. 壞消息

中餐我們吃得很開心。不，不應該說「我們」，因為阿公、二姑和弟弟，他們的日子一直過得很開心，所以應該是說我中餐吃得特別安心、特別開心。

「對啦，不要那麼愁苦，開心一點，不是很好？」阿公見我高興的模樣，若有所感的說。

唉，大家都不知道我在愁什麼、苦什麼。

「不是跟你說過，煩惱的事不要管他，過幾天自然就會好，不是嗎？」

不是所有事都「自然」會好的，不去管他，事情才不會這麼快就解決。

不過我想，我是不是有時也該學學阿公那樣樂觀呢？

下午二點多，原本已回家的二姑突然來電，問我們三人要不要再去臺中看妹妹？

「好哇！」阿公說：「反正我今天已巡過梨園，沒什麼事要做了。」

「好哇！」弟弟說：「反正我下午也沒有要做什麼事。」

於是二姑與我們約好，十五分鐘後到家門口接我們。

二姑是很準時的，十五分鐘後，我們坐上她的廂型車。還沒開口問，二姑就先告訴我們：「你們的妹妹被送到加護病房去了。」

加護病房？聽起來很嚴重。

「她怎麼了？」我問。

「聽你爸爸說，她被醫生診斷出有先天性心臟病。」

「啊，心臟病……」弟弟發出哀嚎聲。紅豆餅的好滋味，讓他很留意妹妹的狀況。

不過弟弟一定和我一樣，不是很清楚心臟會生什麼病。雖然這病名我們每年過年時都會喊，但那只是一種很刺激的撲克牌遊戲，和現在生重病的感覺完全搭不上關係。

「那妹妹會怎樣嗎？」我又問。

「我也不太知道，你爸爸在電話裡沒多講，」二姑說：「所以我想去醫院看看，順便給你媽媽和妹妹加油打氣。」

「沒關係啦、沒關係的。」阿公安慰我們。

「怎麼會沒關係，以後妹妹還要做紅豆餅給我吃，她不可以生病。」弟弟對著前座的阿公喊。

「希望妹妹平安無事。」我認真的說。只是想到，好不容易解決弟弟的事，怎麼又來一件令人頭疼的事？難道是老天爺要我體會「福無雙至、禍不單行」這句諺語的真義嗎？

一個多小時後，我們來到媽媽的病房，爸爸已在那裡陪媽媽，媽媽面色凝重，讓我看了更不忍。

其實媽媽今早就要出院，只是早上嬰兒房的醫師打電話過來，說妹妹的狀況有點不太對勁，要將她送到重症病房。

「是一位護士抱著妹妹，帶我一齊過去。」爸爸說：「我那時在幫媽媽收東西，本來以為早上就可以出院的。」

「『鐘正病房』？那是什麼東西？」弟弟聽不太懂，他摟著媽媽問，不過沒人回答他。

「在重症病房待了一個小時左右，醫師又來電，說要把她送到十一樓的小兒心臟加護病房。」爸爸說。

「『加護病房』又是什麼？」弟弟又問，不過依舊沒人理他。

「她是得了什麼病？嚴不嚴重？」二姑問。

「醫生說是『法洛氏四合症』，是先天的，可能要動手術。心臟科醫師還問我，是哪一位婦產科醫生做產檢的，他說那位醫生很不應該。」

「手術？這麼小就要手術？」二姑說：「是要做開心手術嗎？」

爸爸苦笑了一下，弟弟見了也跟著笑一下，然後說：「你開心、我開心，大家都開心。」

「不是那種開心，」我苦著臉對弟弟說：「是指心臟手術，要把胸口打開來，看看心臟哪裡出問題。」

「沒關係的，大家不要緊張。」阿公又在一旁說沒關係。

「你們要上樓看看嗎？不過現在不是加護病房探病時間，可能沒辦法看到娃娃。」一直默不出聲的媽媽突然出聲。

「好哇，上去看看也好。」二姑爽快的說。

我們一夥人搭電梯到醫院十一樓。我第一次見到加護病房是什麼模樣，不過因為不是探病時間，我們不得其門而入，只能在外頭默默的為妹妹加油打氣。

「她現在身上插著管子，手腳黏著電線，因為有打點滴，所以兩隻手兩隻腳被綁在床欄上……」爸爸越是形容，我心裡越是難過，然後不經意一瞥，才發現媽媽已紅了眼眶。

我這個當哥哥，能為妹妹做什麼呢？能幫媽媽什麼忙呢？就只能祈求上天幫忙嗎？我頭再一轉，竟發現弟弟已站在加護病房的大門前，合十祈禱，口中還喃喃念著：「妹妹趕快好、妹妹趕快好……」

真心、虔誠的模樣讓人好感動，也讓我感嘆弟弟對妹妹態度，竟能一下子就一百八十度大轉變。

懷著沉重的心情回到家，這時天色已暗，寒意已濃，二姑立刻到

廚房為我們準備晚餐。在車上，二姑跟我們說，雖然她也不知道什麼是「法洛氏四合症」，但妹妹應該是得了很嚴重的心臟病，要我們多為媽媽及妹妹加加油。

弟弟聽完，馬上跟二姑借手機，當場撥電話給媽媽。

弟弟再次跟媽媽強調，說他這個做哥哥的，會每天為妹妹祈禱加油的。

在等二姑做飯的空檔，我和阿公坐在沙發上。阿公被電視裡的幾位丑角逗得哈哈大笑，我卻心不在焉，呆看著電視，不知道畫面裡的趣味點在哪裡。

然後弟弟慌慌張張的跑過來。

「哥，我跟你講。」他戳戳我的背脊。

「什麼事？」我有氣無力的應著。

「昨天早上被我趕走的那個小男孩，他又來了。」

我心頭一驚，趕緊將弟弟拉到角落。

「你怎麼知道他又來了？」

「他剛剛在門口叫我，我於是跑出去看。」

「你怎麼可以自己出去？不是跟你說過，外面有車子，不可以隨便出去的嗎？」

「我有跟阿公講。」

「哪有？我和阿公都一直坐在這兒，怎麼沒看到你跟阿公講？」

「有，阿公還跟我說一聲『隨便』。是你自己坐在那兒發呆，沒聽到。」

「好，」我沒好氣的說：「那他有說什麼嗎？」

「沒有，他只是過來跟我打招呼，然後就跑走了。」

「他怪怪的。」我故意這樣說。

「嗯。」弟弟應了一聲，表示同意。

我要弟弟坐到阿公身邊，看著阿公和弟弟嘻嘻哈哈的笑著，我悶悶不樂的想著：包括弟弟在內，家裡的每個人都愛妹妹、都要妹妹，那個「東西」已沒理由再來煩我們了。

只是「他」為什麼又來我們家？還特意與弟弟打招呼呢？

我走到玻璃門旁，隔著玻璃望出去，外頭是漆黑一片的街道。我努力向外張望，卻什麼都看不到。

頭上的日光燈亮晃晃的，我卻有烏雲罩頂的感覺。

11. 手術的日期

第二天是星期一，一早踏進教室，幾位好友馬上對我擠眉弄眼的。

我早就猜到會發生這種事。

早自習下課，他們全圍過來。

「哦，昨天有神祕嘉賓到你家喔？」吳俊杰推推眼鏡，露出不懷好意的笑容。

「是什麼神祕嘉賓？快跟人家講啦。」胖胖的廖哲維故意學女生說話，噁心死了。

「不是神祕嘉賓，是相親的對象啦。」陳泰誠笑得更邪惡。

「喔，」我淡淡的說：「你們怎麼知道的？」

「承認了吧！承認了吧！」陳泰誠笑得眼瞇瞇的，搖頭晃腦的他，像一隻得意忘形的老鼠。

「是郭如瑤跟大家講的，她一早進教室，就到處宣傳。」吳俊杰據實以報，他可能是見我臉色難看，不想再捉弄我。

「唉……」我嘆了口氣，郭如瑤和她媽媽幫了我那麼多忙，我絕不能怪天真的郭如瑤。

「昨天是發生了什麼事，郭如瑤為什麼會到你家？」吳俊杰問。

「就相親啊。」陳泰誠還想繼續捉弄我。

「別亂說了。」我語氣平淡的說：「我剛出生的妹妹是唐氏兒，所以我拜託郭如瑤的媽媽到我家。」

「真的嗎？」三個人聽了都倒抽一口氣。

「我騙你們幹嘛。」

「真對不起。」廖哲維開始鞠躬道歉，有時他功課忘了帶，也會像這樣跟老師鞠躬道歉。

「那該怎麼辦？」吳俊杰問。

「能怎麼辦？就這樣囉。」我兩手一攤。我在哥兒們面前說得輕鬆瀟灑，但心裡卻是感慨萬千。

「好啦，請你到福利社吃東西，你就不要這樣愁眉苦臉了。」廖哲維大方的摟住我的肩頭，我很想像平常那樣，跟大家嘻嘻哈哈的，可是卻怎麼也笑不出來，只好跟他們說抱歉，自己走到教室裡。

「怪怪的喔、怪怪的喔……」陳泰誠開始又在背後說風涼話，喊了兩句，突然「啊」的慘叫一聲，我想，他應該是被另外兩個人揍了吧。

下午放學回到家，弟弟已在家門口等我。他整個人趴在玻璃門上，東張西望的向外看，為的就是要跟我說事情。

「哥，我一直在等你。」弟弟趕忙說。

「有什麼事，幹嘛這麼緊張？」我說得一派輕鬆，心裡卻好怕弟弟又要跟我報告不好的消息。

「就那個討人厭的小男生……」

「他又來了？」我聽了開始頭昏，還差點喘不過氣。我在想，我是不是該跟阿公去廟裡拜一下，去祈求我們家能平平安安。

「沒錯。」

「你有沒有跟阿公講？」

「沒有。」

「千萬不要跟阿公講。」我再次交代。

「為什麼？」

「因為阿公年紀大了，我們不要讓他擔心。」

「好。」弟弟點頭答應。

「也不要跟二姑講。」

「為什麼？」

「二姑很忙，我們也不要讓她煩惱那麼多。妹妹的事，先由我們兩個來處理就好，知道嗎？」

見弟弟又點頭，我於是先做個深呼吸，然後才問：「那個小男生今天有沒有跟你說什麼？」

「有，他說他這個星期六就要把妹妹帶走。」

又來了！這種把妹妹帶走的把戲，不是早該結束了嗎？

我於是緊抓弟弟的手臂，用力跟他說：「你有沒有跟他講：我們全家人都要妹妹，都不要妹妹被帶走？」

「我有講，結果他說那是舊消息，不準了。」

「怎麼會不準？」我哀號著。

「對，不準了。」弟弟冷靜的再次強調：「他說最新的消息就是，星期六要帶走妹妹。」

「為什麼是星期六？為什麼選在星期六？」

弟弟說他不知道。

「那……他人呢？」害怕到極點，我突然有種豁出去的感覺，我不知道這是狗急跳牆，還是心底湧起的一股浩然正氣，反正我就是很想拿棍子出去趕「人」。這個不知打哪來的東西，讓我心神不寧、提心吊膽，如果我看得到、打得到，一定要好好與他對戰一番。

「他又走了，他說他最近有點忙。他還說，如果我不對他那麼兇，他還可以告訴我更多消息。」

我覺得不甘心，於是跟弟弟說：「你下次叫他不要走，我要警告他，不可以打妹妹的主意。」

弟弟先是答應，一下又搖頭說不要。

「為什麼不要。」

「我覺得他怪怪的，」弟弟說：「我不是很喜歡他留在我們家門口。」

現在才覺得怪怪，我們老早就覺得這些發生在弟弟身上的「靈異事件」，都怪怪的。

見我們倆窸窸窣窣的在說話，阿公笑咪咪的走過來。

「你們在說什麼？」

我們搖搖頭。

「等一下要吃飯囉。」

我看看掛在牆上的時鐘，才四點半而已。

「還有，你爸爸今天有說，娃娃要在十六日早上做心臟手術。」

真的要做開心手術？妹妹才這麼一丁點兒大？

我想，她的病情一定很嚴重，嚴重到醫生必須下這決定。

「沒關係，不用擔心，沒事的。」說完，阿公又像個老神仙一樣的，若無其事的「飄」走，留我和弟弟互看對方。

知道妹妹的最新狀況，我情緒更加低落，但突然一個聯想，讓我身體一顫，就像被電擊器電擊了一般，我的心臟開始怦怦狂跳，它好像一隻焦急的青蛙，就快從我喉嚨裡跳出來——這是心臟病要發作的徵兆嗎？

弟弟說是這星期六，阿公說是十六日早上，這星期六就是十六日，兩個人所說日子是一樣的——這代表了什麼？

我想到一個可能，我不敢講出來，我只是害怕，身軀還微微顫抖。

「哥，你怎麼了？」機靈的弟弟發現我有異狀。

「沒事，有點冷而已，我要去穿外套……」

萬一發生那種事，我們全家人一定很難過的，尤其是媽媽。

一想到媽媽那副憔悴的模樣，我再次發誓，一定要好好保護妹妹，絕不讓她發生任何意外。

只是我現在能做什麼、能幫什麼呢？

12. 鯉魚伯公

見阿公又在那兒晃來晃去，我忍不住問他：「阿公，你今天有去梨園嗎？」

「有喔，我每天都有去田裡做事，要不要帶你們去梨園看看，我過年前就把花苞接好，現在都開始開花了。」

「阿公，我們改天再去看。」阿公所說的接花苞，是一種嫁接技術。他所有嫁接在梨樹上的花苞，都是從日本買來的，等到夏天時，臺灣的梨樹枝椏上，就可以結出有日本血統、甜度飽滿的寒帶水梨了。不過我現在沒時間去參觀阿公今年的傑作，妹妹的事比梨園還重要。

「還有阿公，你最近有沒有去哪裡拜拜？」這才是我想問的重點。

「有喔，我都會去鯉魚伯公那裡拜拜，去祈求伯公保佑我們楊家。」

「伯公」就是土地公，「鯉魚伯公廟」是保佑我們東安里里民的土地公廟，伯公的後方有一條用數百顆卵石堆砌起，大約三十公尺長的大鯉魚，所以那裡才被稱為「鯉魚伯公廟」。

「阿公，我跟弟弟出去一下。」

「去哪裡？」

本來想說「去一個地方」，但馬上改口說：「去鯉魚伯公那裡。」

人家說心誠則靈，我不想亂說話，讓伯公以為我沒誠意。

「去拜拜？」

「對，去拜託伯公保佑我們全家。」

「咦？」阿公笑笑的說：「你們不是最喜歡拜天主？」

「那是讀幼兒園時跟著老師做的。」我說。我也不知道為什麼今天不找神父幫忙，可能怕弟弟吃太多糖，也可能怕會在幼兒園門口見到郭如瑤，反正我也不確定原因是什麼，我就是想像阿公那樣，去鯉魚伯公那裡拜拜。

「要早點回來。」

「好。」

鯉魚伯公廟從第三橫街一直往下走就會到，它的方位剛好與圳邊道路相反。

我緊牽著弟弟的手快步行走，可能是神情太過肅穆，弟弟邊走還邊往我臉上瞧。我一言不發，用力抿嘴還微微皺眉，我是家裡的長孫，是弟妹的大哥，不管如何，我一定要照顧好大家。

手術的事我暫時幫不上忙，那就先祈求伯公的保佑吧。

鯉魚伯公廟離我們家也很近，站在廟裡可以遠眺大甲河，視野很好，不過我們不是來望遠，或是遙想大甲河裡古老的金鯉魚故事，我們是來拜伯公、祈求平安的。

我身上沒錢，所以沒法贊助一些香油錢，不過沒關係，等日後我有能力，一定會好好答謝伯公的。

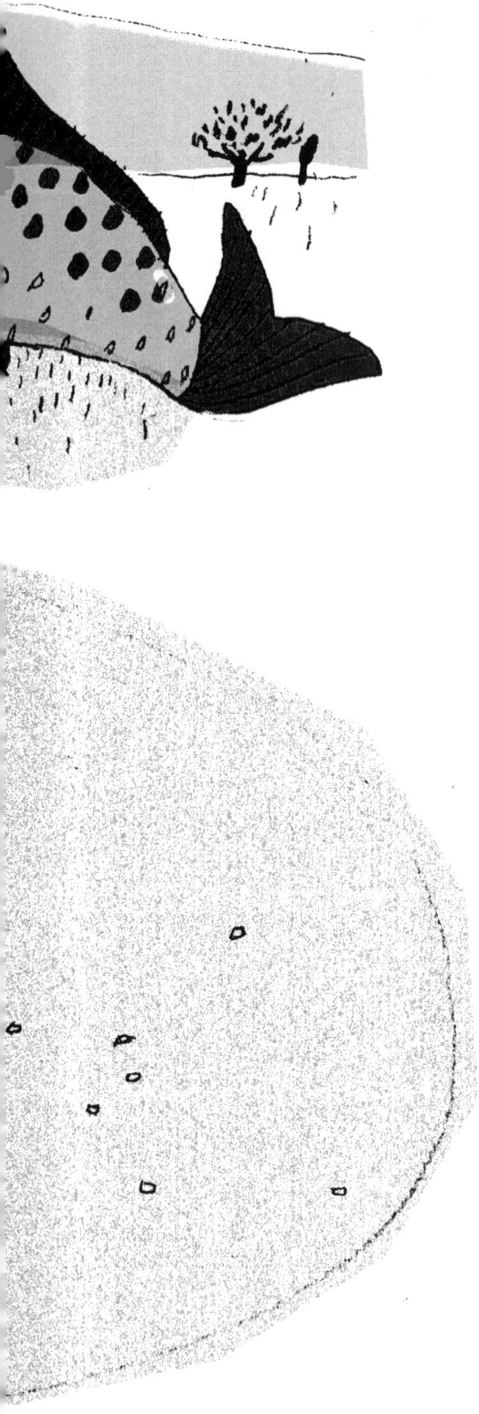

所以我就大大方方的從一旁的木櫃中，隨意抽出數支香，憑著模糊的記憶，仿效起大人的動作，與弟弟一齊，虔誠的對著慈眉善目的伯公一拜再拜。

「對啦！對啦！」拜了好幾次，突然有人在背後說話。是在說我們吧？第一次自己來拜，我有些擔心哪裡做得不周到。

「拜好後把香插到香爐上，手再拜一拜。」

那聲音繼續指導我們，我一看，是個和阿公差不多年紀的老阿伯。他穿著淺灰色的夾克，深色的西裝長褲，腳上趿著塑膠拖鞋，很多老人家都是這種打扮，很難分辨出他與其他人的差異處。

「你們兩個小孩，怎麼這麼有心，會來這裡拜拜？」老阿伯好奇的問我們，見他的模樣，不像是壞人。而且也沒有壞人敢來廟裡吧？我心想。

「我想祈求伯公，保佑我們全家人平平安安。」我說。

「還有妹妹。」

我就是擔心弟弟會多嘴，所以搶先回答，沒想到他硬要插上一句。

「全家人就包括妹妹，不必多講。」我跟弟弟強調。

「我們來這裡，不就是為了妹妹嗎？」弟弟早就猜出我來這裡的目的。

「你們的妹妹怎麼了？」老阿伯問。

「她心臟不好，要動手術。」我直截了當的回答。

「她多大？」

「才五天。」弟弟說。

「什麼五天？」老阿伯問。

「才出生五天。」我補充說明。

「什麼？才出生五天就要手術，那她的病很嚴重囉？」

我苦笑著。我不怪老阿伯話說得這麼直，我想任何人聽到剛出生的嬰兒要動手術，直接的反應一定都是這樣。

「那來拜拜就對了……」老阿伯不住的點頭讚許，我正想帶弟弟離開，突然他腦袋抽動了一下，就像被神明附身般，他睜大眼睛，用力的說：「你們可以去做新丁粄，來祈求伯公幫忙啊。」

做新丁粄？

每年放完寒假，剛開學時，老師都會介紹我們這裡特有的習俗──用糯米和花豆做出有烏龜外形及龜殼紋路的紅色「新丁粄」，然後在元宵節晚上，抬到伯公廟拜。

不僅我這們一里，很多伯公廟都有這樣的活動，老師還要我們有空去參觀。我看過那些紅豔豔的新丁粄，一個比一個大，有的長度甚至超過弟弟的身高。

「今天是星期一，星期五就是正月半，剩沒幾天，快去請人做啊！」老阿伯好像比我們還心急。

他說的「正月半」是指農曆元月十五日。的確剩沒幾天就到，我好像被老阿伯說動了——做個新丁粄來感謝伯公，這樣不是更有誠意？

說不定還能讓妹妹度過難關。

我應該試試看。

可是要請誰做啊？我想阿公絕不會動手，他一定說：「沒關係啦、不用了啦！」；至於爸爸，他忙著催促員工趕工、出貨，況且他只會做盤子、杯子這類的漆器，我想他絕不會聽我們的建議，撥空來做新丁粄。

見我一臉困惑，老阿伯興沖沖的說：「不知要請誰做？來，帶你們去看。」

他領著我們離開伯公廟，接著在附近的巷子裡左拐右拐，不到一會兒的功夫，就帶我們來到一戶人家。

我一看，發現這是一戶縮小版的三合院，說它「縮小版」，是因為它佔地不夠大，所以不管是「正身」，還是左右「護龍」都變得短短窄窄的，不過它還是有像社會課本裡，那種三合院的形式。

老阿伯帶我們踏進大門，有幾位

婦女在那裡忙著，護龍的屋簷下擺了好幾桶瓦斯，瓦斯桶連著去吃外燴時，才看得到的那種大爐子，我聽到爐火發出怒吼，正表示它們是奉命火力全開，努力去蒸煮那幾個比弟弟還高的大蒸籠。

三個冒著蒸氣的大蒸籠，把小小的「稻埕」弄得香氣氤氳，可以知道籠裡正蒸著好吃的東西。

「桂香，這兩兄弟想做新丁粄。」老阿伯攔住一位胖胖的伯母。可能是工作場所太熱太忙，這位伯母居然是穿短袖，她面有慍色，應該是不太喜歡在忙碌的當下，突然被老阿伯攔截。

「現在才訂，沒辦法了。」她說得很急，臉依舊看向屋子裡的廚房，表示那裡有她掛念著的事情。

原來老阿伯是要我們請她幫忙做新丁粄。

「妳就幫忙一下嘛。這兩兄弟很有誠意，剛剛他們兩個還在鯉魚伯公面前拜拜，說要請伯公保佑他們剛出世的妹妹。」

「阿哥，實在沒辦法，我們現在每天都要做到三更半夜，哪有辦法再接訂單。」

那位伯母可能是老阿伯的妹妹，兩人開始你一言我一語的爭執起，妹妹在抱怨、喊累，哥哥則不斷的勸說、安慰。

最後那位伯母總算願意用正眼看我們。

「要做新丁粄是不是？要做多少——多少斤？多少個？」她兇巴巴的問。

我哪知道？她的問題讓我嚇壞了。

「要……要做多少？」我惶恐的轉頭問老阿伯。

「看你們家呀！」老阿伯一臉正經的說。

「回去問好再來，好不好？阿哥，你害我浪費很多時間。」胖伯母一說完，頭也不回的鑽進廚房。

「我太心急了，真抱歉。」不像那位伯母，老阿伯很客氣，還跟我們道歉，讓我擔當不起。

「回去問好家裡的大人，再打電話來訂，還要先過來付訂金喔。」老阿伯從屋裡拿出一張名片給我們，很仔細的交代。

名片正面印著「桂香糕餅」，以及一排的室內電話、手機號碼。名片後面則條列出八項他們能為客人代製的糕餅。

「你們住哪裡？」

「我們住第四橫街，我阿公以前是做代書的。」我想搬出阿公，他已算是我們鄉里的「耆老」，說不定會有人認識他。

「是『忠正代書』的『楊仙』嗎？」

「對對對！」我喜出望外的，沒想到真的有人認識阿公。

「聽人家說你阿公人很好。」

我誠懇的說聲謝謝。

「好啦，如果可以的話，來替你的妹妹做新丁粄，伯公一定會保佑她的。」老阿伯好像不是在為他妹妹拉生意，他是很誠心誠意的給們我建議。

「做新丁粄是祖先留傳下來的習俗，說不定祖先也會一同來保佑她喔。」老阿伯帶我們出門時，還做了最後的叮嚀。

13. 做新丁粄

回家的路上，我問弟弟：「你有沒有錢？」

「幹嘛？」他很警覺，讓我覺得他心裡有鬼。

「我想替妹妹做新丁粄。」

「這樣喔……」弟弟低頭沉吟，更讓我覺得有鬼。

「是給妹妹用的，你到底有多少錢？」

「我有二百塊……」弟弟小小聲說。

「你怎麼有錢？不是所有的壓歲錢都要交給大人嗎？」我以為他只有幾個五元或十元的硬幣。

「我自己偷偷藏起來的……」

「真的就只有二百塊？」

「真的，我全部拿出來，給妹妹做新丁粄。」弟弟說得有情有義，讓我不忍苛責他。

「那你呢？」弟弟轉頭問我。

「我有六百塊。」

「喔，這麼多，你比我還多，還敢講。」弟弟更大聲的指責我。

「我年紀比你大很多，錢當然會比你多，而且我也全部拿出來，用在妹妹身上。」我義正詞嚴的。

弟弟總算服氣，「二百加六百，那是……八百。」他說。

「這錢應該夠吧？」我心虛的問弟弟。

他聳聳肩，表示他也不知道。

回到家，阿公就坐在一樓看電視，我們「咚咚咚」的跑到二樓打電話。

「回來囉。」阿公與我們打招呼，眼睛依舊看著電視畫面。

我依名片上的號碼撥電話，響了好久，那位名叫「桂香」的伯母才來接電話。

「喂——」她尾音拖得很長，聽得出她在電話的那頭有些氣急敗壞的。

「我想做新丁粄。」

「現在才訂，沒辦法，很忙，做不出來。」她直接了當的回絕。

「我是剛剛去你們那裡的那個男生。」

「喔，」她不甘不願的回應：「那你要做多少？」

「我要做八百元。」

電話那頭寂靜了好幾秒鐘，然後她開始用很不耐煩的聲音，劈里啪啦的喊著：「沒人做八百的，要做八百就自己家裡做。我這裡的客人做新丁粄，一做都是三十個、四十個，每一個都好幾斤，甚至十幾斤，沒人只做八百的！」

最後她用拜託的語氣說：「小朋友，別鬧了，我很忙耶！」

我想跟她強調，我已不是小朋友，連老師都「尊稱」我們為「各位同學」了，只是還來不及開口，她就把電話掛掉。

「怎麼樣？」弟弟問。

「不行。」

「怎樣不行？」

「錢太少。」

「八百塊還太少？」

「聽她說，可能要幾千元，或是上萬元。」

「啊，那麼多。」

「嗯，應該是。」

「我們去請阿公幫忙好不好？他應該有錢。」頭腦機靈的弟弟馬上想出辦法。

我思考了好一會兒，才點頭答應。不得已，只好請大人幫忙，不過我推測，成功的機率應該不高。

阿公還在看電視，二姑已在一樓後頭的廚房為我們準備晚餐，我可以聽到她正在煎魚，「嗞嗞嗞」的聲響，以及煎魚的香味都飄散出來。

「阿公，給我錢。」我都還不知道要怎麼開口，弟弟就直接跟阿公要錢。

「什麼、什麼錢？」阿公好似嚇了一大跳。

「你給我們錢、給我們錢啦……」弟弟也不解釋什麼，忙不迭的連聲催促。

「我不是給過你們壓歲錢了嗎？」阿公像在喊冤，他把我們當成催命鬼似的，一副避之為恐不及的樣子。

「那只有二百元，不夠。」

「阿公，」我怕他真的會被嚇到，趕緊平心靜氣的說：「我們想為妹妹做新丁粄。聽人家說，做新丁粄是為了感謝老天爺送娃娃給我們，而且拿新丁粄到伯公廟拜，還可以讓伯公保佑妹妹平安長大。」

關於新丁粄的習俗，有很多是從老師那兒聽來的，沒想到老師教的，現在居然能派上用場。

「然後呢？」阿公還在裝傻。

「做新丁粄要用到錢，我們想請你贊助一下。」

「我們今年沒有要做粄。」阿公眨巴著眼睛說。

「不管了，我們現在想要做。」弟弟兇巴巴的說。

「那……我贊助二百元，好不好？」

「阿公，太少了，你替爸爸做過新丁粄，你知道價錢的，二百元怎麼可能做得出來？」我哀號著。

「那是幾十年前，跟現在不一樣，我不知道現在的行情怎麼樣。」阿公還在推拖拉。

「阿公，你要不要幫助妹妹？妹妹星期六就要動手術了。」我說。

「幫不幫，跟做不做新丁粄沒什麼關係吧？你們剛剛不是到鯉魚伯公拜拜，有拜就有保佑，這樣就好了呀！明天換我去拜，大家都有拜，這樣伯公就更能聽到我們的心聲，來保佑妹妹。」

「阿公——」

「奇怪，你是怎麼了？我記得你是個很聽話的孩子，怎麼今天一直跟我要錢，你是被鬼迷住了嗎？」

阿公一說完，我自己也警覺起來。

我是被鬼迷住了嗎？否則怎麼會這麼堅持要做新丁粄？

而且還要阿公拿出一筆錢。

我之前的確不會這樣，一直纏著大人要東西。

我默默的退到一旁深思，阿公趕緊說他要上廁所，趁機擺脫我們的糾纏。

我越想越害怕，人家說太過執著時，邪魔就容易入侵，我的腦袋真的被入侵了嗎？

我回頭找自己映在牆上的影子——我動它也動，我伸手它也伸手，它的動作俐落，身形苗條，我看應該沒有「怪東西」附著在我身上。

我再請弟弟幫我看看，我是否怪怪的？

他的眼睛最「利」，一些不該看到的東西都看得到，所以找他最合適。

「沒有，沒什麼怪怪的……」弟弟左瞧右瞧，最後說：「只有眼睛小了一點，鼻子塌了一點，皮膚也太黑。」

「你在說什麼？」我輕聲責怪。這是之前弟弟問媽媽，我們兩兄弟誰比較帥時，多事的阿公對我的評論，沒想到弟弟居然將它記在心中。

然後家裡的電話響了。

是「桂香」回電嗎？她願意以八百元的價錢，為妹妹做新丁粄了嗎？

結果跟她一點關係也沒。我想太多，真的是「鬼迷心竅」！

不過也是一通很重要的電話，是媽媽打來的。

媽媽先問我，今天在學校過得如何？

我說還可以。我先不跟媽媽提郭如瑤的事，等妹妹回家後，我再把郭如瑤的媽媽介紹給她認識，我想個性積極樂觀的她們，一定能變成好朋友的。

只是這樣一來，郭如瑤和我就更密切了。

我也問候媽媽。她說她身體調養得很不錯，因為外婆把她照顧得很好。

接著媽媽在電話中告訴我，妹妹要在星期六早上動手術。

我說我知道了，阿公已告訴我和弟弟。

媽媽還說，星期六為妹妹動手術的醫生，是醫院從南部請來的醫師，所以才會選在星期六動手術。

我趕緊跟媽媽說，我們剛剛有去鯉魚伯公廟拜拜，伯公一定會保佑妹妹手術成功，病趕快好起來。

因為弟弟一直在旁邊吵，才與媽媽聊幾句，就必須把電話交給他。

「媽，我很想妳。」弟弟撒嬌的聲調，讓我聽了全身起雞皮疙瘩，於是退到一旁，讓他盡情的去講。

這時的我，全身暖烘烘的，與媽媽聊過之後，感覺全身被注滿正面能量——媽媽對我的關心，讓我「百毒不侵」。然後我想通了，我會這麼積極的為妹妹做新丁粄，不是「走火入魔」，不是「邪靈入侵」，而是出自於關心。

雖然阿公還沒從廁所出來，新丁粄可能做不成了，不過沒關係，只要甘願付出，老天爺會看在我們這麼關愛她的份上，讓妹妹平安回家的。

14. 美勞課

經過一晚的休息，心情平靜許多，在學校也開始與吳俊杰他們玩鬧起來。因為鬧得有點過頭，還被老師處罰抄課文，這是我升上高年級以來的第一次，老師搖頭嘆氣的說，我過一個年，長了一歲，可是自制能力卻退了三歲。

不過上美勞課時，我不玩鬧了。

美勞課是班導最頭痛的一門科任課，因為教美勞的廖老師幾乎沒在上課，除了偶爾會放電影給我們看，大部分的時間都是發下圖畫紙後，就不管我們了。所以上美勞課時，整間教室鬧哄哄，有的人嘻笑，有的人打鬧，還有人以到外頭洗水彩筆的名義，在走廊追打起來。

鬧得太過分，在學校算是資深老師的廖老師就會跟班導講，說我們今天上課很吵，要班導處罰我們。

美勞課讓班導頭痛，原因不是我們天性頑皮、愛吵鬧，是廖老師上課根本沒進度；老師不上課，做學生的能乖乖的坐在教室不毛躁嗎？

不過今天我們不玩鬧了，起碼一開始我們都很認真的看著廖老師，因為他手上提著一小袋東西，讓我們覺得很好奇。

「這是輕黏土，待會兒一人發一包，你可以把它捏成你想要的形狀，捏好帶回家晾乾，它會變硬，下星期再帶來打分數。」

「老師，什麼形狀都可以嗎？」明明老師剛講過，就是會有人問這種傻問題。

「都可以，我這裡有幾個我用輕黏土做出的作品，你們可以參考看看。」

老師將他做好的動物，一隻隻的拿給我們看，我們一面看，一面「哇、哇、哇」的喊個不停，因為老師做出來的動物真的好可愛，可愛到連我們男生都愛。

當中最精采的是那幾個顏色繽紛的「馬卡龍」，它們和真的馬卡龍相似到，我都有點懷疑是不是廖老師直接從麵包店買來唬我們的？愛吃的廖哲維和我有同樣的想法，因為他一直喃喃說著：「我要吃、我要吃……」

廖老師果然具美術天分，果然是科班出身的美術專家，只是他為什麼都不教我們畫畫、做勞作呢？

「老師，那些顏色是你塗出來的嗎？」又有人問。

「不是，你沒看到嗎？一袋紙黏土有六種顏色，我就是用這六種顏色拼貼、揉合出來的。」

「老師，還有沒有其他顏色？我覺得六色不夠用。」

「對嘛、對嘛……」

有人跟著抗議，廖老師不管，他慢條斯理的將一包包的輕黏土發給我們，大家一拿到東西，果然聲音小了許多，每個人都抿起嘴巴，睜著發亮的雙眼，構思自己的創作。

我之所以說我今天美勞課不玩鬧，是因為廖老師在講解時，我忽然靈光乍現，想到可以做一個東西。這東西不難做，不過我想把它做到最完美，任何事物只要沾上完美的邊，就必須花費很多心思，所以我沒空玩鬧。

大家開始分割、揉捏，過了十餘分鐘，一些手腳較快，或是不耐寂寞的同學，已做得差不多，於是到處觀看別人的作品。

有些人不喜歡被人看，有些人喜歡跟著起鬨，所以教室裡的吵鬧聲變多了。

「你走開啦！老師，吳銘耀過來看我的！」

「吳銘耀，自己做自己的，不要看別人。」廖老師頭埋在電腦螢幕前，發出沒啥效力的警告。

「是張志清先看我的！」吳銘耀反駁，不過廖老師也懶得理睬他們了。

這當中鬧得最兇的，是那些說的比做的還多，喜歡評論別人作品的傢伙。他們先是嘻嘻哈哈的互看作品，等彼此看膩了，就到處邀別人來互看、互評。

想當然爾，我最後也會被邀請加入。即使我努力仿效班上那幾位認真的女生，心無旁騖的揉捏我手上的材料，他們仍會把我拖下水，就像將顏料滴入水桶一般，我終究會被「污染」到，因為我跟他們是同一桶水。

「你們快來看，楊志明不知道在做什麼？圓圓一坨，感覺很沒創意。」他們的魔爪伸向我。

什麼圓圓一坨？我心裡想，不知道就別亂喊。

「哪裡？我看，真的耶，好像一顆壓扁的彈力球，超沒創意的。」

什麼壓扁的彈力球？自己沒創意就不要嫌別人也沒創意。

「不是彈力球，是一顆湯圓。」

什麼湯圓？湯圓有這些特殊的紋路嗎？

「做得太簡單了吧，我看老師最多只能給他五十分。」

「哪有那麼多，三十分就已經很了不起了。」

「才不是，老師會給他零分，叫他重做。」

他們開始為我的評分爭吵起來。這實在很過分，他們又不是老師，而且分數也低得過頭了吧。

「別吵了！」我終於受不了，於是出聲說話：「我做的不是彈力球，也不是湯圓。」

「那你做的是什麼東西？」

「我做的是烏龜。」

「烏龜？」

「大家快來看，楊志明在做烏龜，而且是紅色的、很噁心的烏龜。」

這下過來參觀的人更多了，大家紛紛評論，最後有志一同的給我不及格的分數。

我只能苦笑，下課鐘聲響了，我慎重的拿起那隻聲名遠播的烏龜，其實我做的不是烏龜，而是妹妹的新丁粄。

我說的突然蹦出的念頭就是：既然沒錢去訂製新丁粄，那何不利用紅色的輕黏土，做一塊新丁粄？

為了怕他們不理解，所以不想跟大家解釋。

只是做出的新丁粄小了點，還不到拳頭的二分之一大，看起來很小巧，就像一隻巴西小烏龜。

見我這麼小心珍重的捧著，吳俊杰忍不住問：「你為什麼其他顏色都不用，只用紅色？還有，你真的要交這隻小烏龜給老師打分數嗎？」

我看了他們一眼，然後學電視劇裡歷盡風霜的老人家，嘆了一口氣後說：「實不相瞞，我做的不是烏龜。」

「那你在做什麼？」胖胖的廖哲維，手上捧的輕黏土造型比我的還簡單，它們就像一塊塊不同顏色的麻糬，不過他說他做的是馬卡龍。

「我做的是新丁粄。」我很認真的說。

「什麼是新丁粄？」陳泰誠喊了一句。

「你上課都沒在聽老師說嗎？」

待吳俊杰念完對方後，我把為何要做新丁粄的原因，一股腦兒的說給我最要好的三位朋友聽。

15. 新丁粄變大了

「原來是這樣。」吳俊杰輕推眼鏡說：「原來你妹妹這星期六要動手術，所以你想做新丁粄，感謝伯公送妳一個妹妹，也祈求伯公能保佑她。」

「可是這個新丁粄也未免小了點，不夠我塞牙縫，可能神明看了會生氣。」廖哲維就只想到吃。

「沒辦法，老師發給我紅色的部分就只有這麼多。」我感嘆著。

「你們等我一下，我馬上回來。」吳俊杰突然打岔，他匆匆交代完，轉身就離開。

「他是忘了什麼東西？」我看著吳俊杰丟給我的輕黏土說，他捏的是一隻像貓的雜色狗。

「別管他了，」陳泰誠說：「我們自己先走。」等我們快到教室時，吳俊杰才三步併兩步的衝過來。

「喔，走廊不可以跑步。」陳泰誠糗他。

「你自己還不是一樣在跑。」吳俊杰上氣不接下氣的說：「你們怎麼不等我？來，這個給你。」

我低頭一看，居然是五小塊紅色的輕黏土。

「怎麼來的？」我問。

「跟廖老師要的，我跟老師說我紅色不夠用，所以他就讓我從其他輕黏土的包裝袋裡拿出來。」

「這樣可以嗎？」

「可以，只要廖老師說可以就可以，別擔心。」行事冷靜的吳俊杰安慰我。

「我是想，這樣你的新丁粄就可以變大一點。」吳俊杰說得很認真，我聽了好感動，有一種人間處處有溫暖的感覺。前天郭如瑤和她媽媽幫我，今天又是吳俊杰挺力相助，有了妹妹，我更能感受到大家的溫暖及善意……

不過這美好的感覺，馬上被貪心的陳泰誠給破壞。

「不公平，我也缺很多種顏色，我也要去跟老師要！」說完，陳泰誠像隻老鼠一樣的溜走了。

「你不用去……」吳俊杰想攔住他，可是陳泰誠已跑遠。

「為什麼不用，」我說：「廖老師那裡沒了嗎？」

「才不是，廖老師那裡還有好幾箱，是準備發給別班的。」

「那為什麼叫他不用去？」

「因為我是好學生、模範生，所有老師都喜歡我。」吳俊杰推推眼鏡，得意的說：「陳泰誠太頑皮，老師才不會給他。」

上課鐘響過後，陳泰誠才慢吞吞的走進教室，果然他手上除了自己原有的輕黏土外，並沒有多拿其他的東西。

我在座位上與吳俊杰相視而笑。

不過我的新丁粄效應才開始發酵。

第三節下課，劉怡蓁她們幾個女生，笑盈盈的交給我近十塊的紅色輕黏土。

「喂，妳、妳們……」我左右張望，怕被人誤會。

「新丁粄要做大一點喔。」她們用輕柔的嗓音交代。

「有的是從我們自己的材料包裡拿出來的。」劉怡蓁戳一戳我手上捧著的紅黏土，她的手是如此白淨、動作是如此的輕柔，害得我都快和那塊黏土一同融化了。

「有的是跟美術老師要的。」

「祝你妹妹早日康復。」她們還輕聲細語的祝福。

「妳們，怎麼知道？」我受寵若驚。

「吳俊杰有跟我們講。」

原來如此，吳俊杰這個廣播電臺，居然把我的事廣播出去，不過我也心裡甜滋滋的。

還有幾位男同學，也給我他們的紅黏土，他們有的舉止較粗魯，是直接扔到我桌上，但同樣愛心滿滿。到最後我發現，我拿到的紅色輕黏土，已超過班上的人數。

我一方面感謝，一方面覺得納悶：怎麼廖老師這麼輕易就多給人輕黏土呢？

吃完營養午餐，陳泰誠有點憤憤不平的在我們面前發牢騷。

「楊志明，你說，你現在有幾塊紅色黏土？」

「快四十塊了。」我不好意思的說。

「太過分了，很多是廖老師多給的吧？為什麼別人可以多要，我就不行。」陳泰誠暴跳著，很像卡通裡吃不到乳酪的老鼠。

「只有做好事的人，才可以多拿。」吳俊杰提醒他。

「不管，我也要多拿。」說完，個性衝動的他，從教室前門跑出去。

他有時就是這樣，一覺得不滿，就開始怨天尤人，把罪過全怪在別人頭上。

我們不管他，繼續聊我們的，沒想到過了一會兒，他居然抱一個紙箱子回來。

「陳泰誠，你搬的是什麼東西？吃的嗎？」還在吃營養午餐的廖哲維問。

「不是，小聲一點。」陳泰誠把一些不相干的同學趕走後，小聲跟我們說：「我拿了三十多塊的紅色黏土回來。」

「這麼多？」吳俊杰和我嚇了一跳。
「是廖老師送給楊志明的。」
「啊？送給我？」我很驚訝。
「老師怎麼可能一次給那麼多？」吳俊杰說。
「我聽到你說，只有做好事的人才可以多拿，所以就把楊志明的事全講給廖老師聽，他聽了很感動，要我把這些紅色輕黏土交給楊志明。」
原來廖老師不僅是美術專家，還是個好心人。
「可是，不對啊。」吳俊杰說：「我早上跟他要時，他跟我說，他沒有多很多。美術教室裡多出來的輕黏土，其實是要發給別班用的。」
「廖老師說，給楊志明比較重要，其他班就不給他們紅色的。」
陳泰誠得意的說：「他要我們不要跟別人講。」

「啊，這樣我會很不好意思，我要還給老師。」我說。

「這是廖老師的決定，跟你沒關係。」吳俊杰馬上阻止我：「你唯一要做的，就是將新丁粄做好，不要辜負大家對你的期望。」

「廖老師也這樣說，所以你一定要將新丁粄做出來，他要在元宵節當天，去鯉魚伯公廟參觀你的作品，順便打分數。」

「打分數？」提到打分數，我就有點壓力，不過心裡還是暖暖的。有了這幾十塊紅色輕黏土，以及老師、同學的祝福，我就可以做出比較像樣的新丁粄了。

真是太感人，我看待會兒午睡，我會因情緒亢奮而睡不著覺。

不過在感動之餘，卻瞥見陳泰誠的一雙小眼睛在紙箱上掃來掃去。

「陳泰誠，你在幹嘛？」我好奇的問。

「這箱是我捧回來的，」陳泰誠露出賊賊的笑容：「所以你可不可以給我兩塊紅色黏土？只要兩塊就好……」

吳俊杰馬上從他頭頂搥打下去。

我們四個笑鬧成一團，直到風紀股長一臉兇惡的衝過來將我們驅散。

16. 阿桐伯生氣了

我把所有的紅黏土全塞到書包裡，下午放學，我背著鼓鼓的書包，也可以說是滿滿的祝福回家。

不過一轉進第四橫街，卻瞥見身形怪異的阿桐伯站在家門口。除了阿桐伯，還有阿公以及弟弟。他們三人一看見我出現，全都一臉凝重的望向我這裡。

這讓我有點害怕，我掃視他們四周，並沒有出現其他不尋常的事物，而且也沒看見那條土狗。

到底是什麼事呢？

隨著家門越來越近，我心中的忐忑可是加倍又加乘呀！

「沒關係，不用緊張，只要老實說就好。」見我走近，阿公一把將我拉住，說：「志明，你有沒有去訂新丁粄？」

原來是為了這件事，這要我怎麼回答？說有也不是，說沒有也不是，我想了一會兒，乾脆點頭。

「你看，有哦、有哦！」阿桐伯拉高聲音，食指一直點指我，把我當成是人贓俱獲的小偷。

「你……」我第一次看到阿公的臉脹那麼紅，「沒有的事，你為什麼要承認？」他對我說。

「不用再說了，反正你這楊仙說話不算話。一開始答應我，說不跟我搶第一名，沒想到偷偷摸摸叫孫子訂。你這樣偷偷摸摸就是想拿第一，你這個人不守信用。」阿桐伯氣憤的說。

「什麼說話不算話、不守信用……」阿公講到這兒，就氣得說不出話來。

新丁粄比賽的確要偷偷摸摸，每個參賽的人，都要把錢花在刀口上，要把粄做到最大，但錢要用到最省，如此一來比較經濟，也贏得漂亮。所以用盡方法去打探其他參賽者花多少錢、做多少斤多少兩，是賽前必須做到的功夫。

所以阿桐伯已佈下天羅地網，任何風吹草動，他都能掌握。

只不過這一切都是誤會，阿桐伯不該這樣責怪阿公。

「新丁粄是我自己打電話去訂，跟阿公沒關係。」在阿桐伯面前，我說話的聲音變得好小聲。

「哪有，做粄的桂香有跟我說，你跟家裡的大人講好，才打電話過去，你不要騙人了。」

「不是這樣的……」我想要再解釋，一抬頭望見阿桐伯那張盛氣凌人的臉孔，開始支支吾吾的，不知要從何說起。

阿桐伯不耐煩的揮揮手說：「反正你們這一家人都不守信用，愛編謊話，好啦，要拚就來拚。」

「好哇，那就來，怕你喔！」阿公突然大聲講話，把我和弟弟嚇了一大跳，自有記憶以來，我第一次聽到阿公這麼大聲說話。

「你……」阿桐伯瞪向阿公，這下換他脹紅了臉，他那張生氣的面孔，比平時面無表情的模樣更嚇人，幸好阿公擋在我們面前，否則我早就帶著弟弟逃之夭夭了。

最後阿桐伯一句話也沒說，掉頭就走。

「阿桐伯生氣了。」我喃喃說著。雖然不喜歡他，甚至害怕他，但我不要我們兩家人結下梁子。

「沒關係，以後不到他們家買鹽、買糖、買醬油，這些東西到處都有得買。」阿公硬起來的樣子，真像個男子漢。

「還有，你為什麼說，你有打電話去訂新丁粄？」

我把昨天下午發生的事——除了那個怪異的小男生外，全說給阿公聽。

「你真有心，會為妹妹做這麼多。」阿公稱讚我。

「還有我。」弟弟特別強調。

「對，你也是個好哥哥。」阿公摸摸弟弟的頭，看著我說：「你說鯉魚伯公廟裡的那個老阿伯認識我，他會是誰呢？」阿公開始沉思起來。

那不是重點，我趕緊問：「阿公，我們要去訂新丁粄嗎？」

「為什麼要訂？」阿公做出誇張的表情說：「應該來不及了吧，要做就要早點跟人家講。提早說，做粄的人才有時間去叫貨、去蒸粄，現在訂，來不及了。」

「那我們就要輸給阿桐伯了嗎？」弟弟沮喪的說。

「那麼在意輸贏做什麼？」不到一會兒工夫，阿公又恢復到「楊仙」的模樣，他笑臉盈盈，大談他那「無為而治」的想法。

為了讓妹妹平安健康，可不能什麼都無為而治、順其自然。

我於是打開書包，展現我的決心給伯公和阿公看，「我們還是可以做新丁粄！」我說。

「那是什麼？紅紅一團一團的，好噁心。」弟弟大喊。

「什麼噁心，這是紅色輕黏土，我們可以用它來做妹妹的新丁粄。」

「這……」阿公遲疑了一下，接著呵呵笑了起來：「可以喲，我們就用這個來做新丁粄。這個點子不錯喔。」

說做就做，我們祖孫三人一同在一樓茶几上，搓揉起那幾十塊紅黏土。三個人六隻手，一下就捏出一團的新丁粄出來。

「不夠大，不好看，太小氣。」阿公指著只有一張臉大的「新丁粄」說。

「那怎麼辦？」我苦惱著。

「可以再去買呀！」弟弟天真的喊，他平常最常叫大人去買糖果。

「對吔，我們可以去書局買。」我也跟著喊。

結果阿公仍只贊助二百元，我和弟弟合出的錢都比他多。不過沒關係，至少我們已開始為妹妹做新丁粄了。我帶著弟弟前往附近的「文興堂」、「和文堂」等書局採購，結果發現他們有單獨在賣紅色的輕黏土，我們聽了好高興，一下就把錢用光。

買回來的黏土，和在原來的新丁粄上，過了一會兒，妹妹的新丁粄有大人的胸口那麼大了。

「還是不夠呢……」阿公感嘆著。

「那到底要多大？」弟弟問。

「大概要跟這張茶几一樣大，這樣會比較好。」

「可是我們沒錢了。」我說。阿公是越做越貪心，越做越想要贏了。

阿公傻傻的對著我笑。

「我還有五百元，我們再去買。」弟弟突然大喊。

他哪來的五百元？我一追問，又是被弟弟偷藏起來，沒有上繳「國庫」的錢。

「小孩子要那麼多錢幹什麼？」熟悉的聲音從門外傳來。

一樓的玻璃門被推開，二姑雙手撐腰，像個貪心的皇帝，要收走弟弟的那五百元。

「錢給我，」她說：「改天我交給你媽媽。」

弟弟不甘不願的站起身，後來是二姑威脅他，不讓他吃飯後的甜點，他才「咚咚咚」的跑到三樓，再「咚咚咚」的回到一樓，乖乖的將錢交給二姑。

「你們在做什麼？」二姑終於看到茶几上的那一團新丁粄。

「是我們做給妹妹的新丁粄。」弟弟說。

於是我把昨天下午發生的事，又重播一次給二姑聽。

「這麼有意義，我贊助五百元。」

「可是，」弟弟在抗議：「那是我的錢耶。」

二姑再掏出另一張五百元，要我們再去買。

她還說最多買這樣就好，不必強求太多、太大，只要心意、誠意到，伯公自然就會保佑我們。

我再次帶著弟弟出門。途中又經過阿桐伯的雜貨店，阿桐伯一樣惡狠狠的瞪著我們。

這次我比較不那麼害怕，我們默默的避開，買好之後，又默默低頭走過。

回來後，二姑叫我們先別玩新丁粄。

「明天再做，差不多要吃飯了。」

於是我們去洗手，為了怕尚未成型的新丁粄會乾掉，我還替它包上大垃圾袋。

看著那一團為妹妹而做的新丁粄，我心底踏實多，不會像之前那樣驚慌失措。有了這塊新丁粄，我知道家人的心是凝聚在一起的，這種感覺真好。

17. 新丁粄做好了

星期三早上到學校，同學們紛紛問我妹妹的新丁粄做得如何？我只能一直跟大家說，那塊新丁粄越變越大、越變越紅，而且還包含著越來越多的愛心。

大家對我的說法嗤之以鼻。

「只用嘴巴說愛心是不夠的。」陳泰誠說。

「對，就像用講的，永遠都吃不飽。」廖哲維以他最常遇到的經驗來做比喻。

「還是讓我們親眼見到比較實在。」吳俊杰推推眼鏡，很犀利的說出重點。

最後大家決議在元宵節晚上，去鯉魚伯公廟看我做的新丁粄，班導知道這件事後，除了誇獎我是個好哥哥外，也說星期五晚上要去參觀。

這下不快點行動不行了。

下午放學時，我匆匆趕回家，為的就是要快點把妹妹的新丁粄完成。回家途中，阿桐伯一見我經過他店門口，一樣氣呼呼的瞪著我看。我快步走過，心中挺害怕的，不過一看到擺在一樓客廳的新丁粄，整個人精神又來了。

「我們今天就把這塊新丁粄做好。」我吆喝著弟弟一齊動手。

阿公說要出門，我們不管他，繼續將昨天新買的黏土和在其中。

一個小時後，阿公和二姑一同進門，他們臉上喜孜孜的。

「我剛剛有去鯉魚伯公拜拜。」阿公高興的說：「我還有『擲筊』，結果伯公有同意喲。」

「同意什麼？」我問。

「同意我們將這塊新丁粄拿去拜。」

「還要祂同意喔？」弟弟問。

「當然了，」阿公說：「之前的新丁粄是用糯米以及花豆做的，是為了要感謝上天賜福，讓伯公嚐一嚐好滋味；現在我們用黏土做，不能吃，我於是跟祂講，為了怕伯公營養過剩、膽固醇過高，所以做一個漂亮的裝飾品謝謝祂，讓祂賞心悅目、心情更好。結果祂同意了——我一扔，就扔出一個『聖筊』！」

阿公很是得意，不過我心裡有點擔心。原因就出在阿公說的「漂亮」那兩字。

我們將所有紅黏土和進去後，新丁粄體積變大，所以我們將它從茶几搬到客廳的一張方桌上揉捏。但它重量有增加，美感度卻急遽下降，目前擺在我們面前的那塊東西，怎麼看，都不像是一塊可以答謝伯公的新丁粄，反而更像恐怖電影裡，一大團準備爆裂開來的噁心蟲卵。

阿公說完，換二姑說。

「來，看我的祕密武器。」二姑笑咪咪走出去，我和弟弟也好奇的跟出去。

二姑的廂型車已停在門口，我們見她打開車子的後門，然後從後車廂搬出一塊黑糊糊的，像盤子形狀東西。

「啊！」弟弟先是驚叫一聲，不是為了二姑拿的那個東西，而是他看到路口的阿桐伯，他正惡狠狠的瞪向我們。

「別管他，快拿進來。」阿公笑笑的說，他幫二姑提起那盤子狀的東西，還有點刻意拿高給遠處的阿桐伯看。

我們沒空理睬那位脾氣怪異的老人家，因為二姑帶來的東西更引人好奇。

「這是粄模，是我從朋友那裡借來的，有點歷史囉。」二姑說。

難怪看起來黑黑舊舊的，原來是古早的東西。

粄模是用整塊木板雕刻而成的，中間凹陷下去，我一見凹陷的地方刻有明顯的烏龜圖案，就知道是做什麼用的。

只有弟弟不明瞭，他興奮的直嚷著：「這是做什麼的、這是做什麼的……」

二姑把粄模放在桌上，先塗上一層油，她說這樣可以避免待會兒黏土會沾黏在粄模上。

接著她指揮我們動作：「把黏土拿過來。」

弟弟馬上跟著我做，他和我一同將一大團的黏土壓在粄模上。玩心頗重的他，樂不可支的以為自己在玩揉麵團的遊戲。

接著二姑接手，她小心翼翼的確認每個凹陷處都填入輕黏土後，再將外圍多餘的黏土給刮去。

「剩下的一點黏土給你們做小烏龜。」她說。

弟弟高興的搶走那些零散的材料。然後在二姑的指揮下，我和她一同將粄模倒轉過來。

「等一下就知道成不成功了。」模粄很重，再加上剛剛用力將黏土壓入縫隙中，二姑額頭及嘴唇都冒出汗珠，但她神情愉悅，有說有笑的。

「志明，幫我輕輕的將粄模抬起來。」她說。

我們讓粄模與桌面平行，接著輕輕往上提，我可以感覺到輕黏土正慢慢的脫離粄模，等到整個模具抬離桌面三十公分後，我已經可以看到妹妹的新丁粄呈現在眼前。

「哇！好漂亮、好漂亮！」弟弟一見紅色的大烏龜出現在桌上，就把手上尚未成形的小烏龜給扔了。

的確很漂亮，因為粄模抹上油的關係，整個新丁粄看起來紅豔豔的，圓潤飽滿的龜背則紋路鮮明，上頭還背著一個大大的「壽」字，配上那四支龜爪及頭和尾巴，一隻大烏龜活靈活現，喜氣洋洋。

「沒想到一次就成功，原本以為要多做好多次才會成。」二姑抹抹汗珠，高興的說。

妹妹的新丁粄大約有半個大人那般大。阿公滿意的點點頭說：「這樣才像樣，在家裡看起來很大，可是一拿到廟裡，空間一大，感覺就不會那麼誇張了。」

我激動莫名，只覺得這個妹妹的新丁粄，包含著大家對她的關愛，從那鼓鼓的背脊，就可以想見得到那滿滿的愛。

然後弟弟又突然「啊」的大叫。

「在幹嘛啦！我心臟不好，不要一天到晚亂喊亂叫的。」阿公抱怨著。

「不是啦，你們看！」弟弟指著玻璃門外。

我心裡一沉，我最怕弟弟提到門外的事。

「怎麼了？」阿公一回頭，一個黑影一閃而過。

我很清楚看到有個黑影溜走，難道是——我心裡害怕著——我也看得到不該看的「東西」了嗎？

「是廖阿桐在偷看我們。」阿公走到門邊說：「他像小偷一樣的逃回雜貨店去了。」

原來是阿桐伯，我鬆了一口氣。阿公說，他可能是看見我們抬了一塊好大塊的粄模回來，按捺不住，於是過來偷窺。

不過應該是阿公刻意將粄模拿高給他看，引誘他來「犯罪」的吧。

「糟了，妹妹的新丁粄被他看到了。」弟弟慌張的大喊。

「看到又沒關係。」阿公說。

「不是要比賽、打分數嗎？」經過這兩天的耳濡目染，弟弟也大略知道「鬥粄」這項傳統活動是如何進行了。

「不要什麼事情都要比賽、打分數，這樣的人生會不快樂。」阿公說。

「不理他了，反正妹妹的新丁粄做好了，就放著讓它乾。」二姑看著大家，心情愉快的說。

18. 元宵節

第二天，我到學校跟同學報告，說妹妹的新丁粄已經做好了。

「很好，你做得很好。」陳泰誠拍拍我的肩頭說。

「這兩天你要忍住，不可以偷吃。」搞不清楚狀況的廖哲維，提醒我不可以將新丁粄吃了。

大家都很欣慰，覺得沒有白給我黏土。

星期五早上出門時，新丁粄已經硬得差不多，阿公說我一放學就要趕快回家，我們要將新丁粄抬到鯉魚伯公廟那裡。

所以我一整天心神不寧，除了惦念那塊新丁粄，也掛念著妹妹。

想到明天她就要動手術，我心中就有一種難以形容的沉重壓力。

我不知道那個看不見的小男生，星期六是否真的會帶走妹妹？

我這幾日將所有心思都放在製作新丁粄上，弟弟沒跟我提那個小男生的動靜，我也不會主動去探聽。

只是他就像一塊烏雲，一直在我心中遮出一大塊的陰影。

見我悶悶不樂，好朋友們立刻給我打氣、加油。

「別擔心，你妹妹的手術會沒問題的。」吳俊杰安慰我。

「別想那麼多，伯公會保佑你妹妹的。」廖哲維說。

陳泰誠用他那雙小眼睛打量我後，補了一句：「上課還是要專心喔。」

這幾天媽媽都有用電話與我們聯絡，她關心我們，我們也一樣關心她、關心妹妹。隨著妹妹的手術日期越來越近，我們的心越牽越緊。

星期四晚上，弟弟終於忍不住跟媽媽提：「媽，我跟阿公、二姑，還有哥哥有個大祕密。」

媽媽當然要問是什麼祕密。

「是我們做給妹妹的東西，可是不能先跟妳講。」

媽媽故意問了好多次，弟弟都依我們的交代，不露口風。他小小年紀就能保守祕密，難怪他能藏那麼多錢。

然後媽媽跟弟弟說，她也有個祕密。

「是什麼？」弟弟當然要問。

媽媽不告訴他，說明晚再跟他說。

「媽媽好壞，有祕密不跟我講。」說完電話，弟弟對媽媽故弄玄虛的做法頗有怨言。

下午放學，我三步併兩步的衝回家。

開門一看，卻發現妹妹的新丁粄不見了。

安平
安安平平
安平
安平
安平

「阿公，新丁粄呢？」我驚慌失措，以為是阿桐伯將妹妹的新丁粄給「盜」走了。

「別擔心，」阿公笑咪咪的：「下午你二姑開車過來，把它載去伯公廟了。你二姑和志穎現在在伯公廟那

裡。」

「這樣啊！那阿公你可不可以帶我過去看！」我心急的說。

「沒問題，我就是在等你回來。」

阿公鎖好鐵門，我與沖沖的跟阿公走到鯉魚伯公廟。

今天是元宵節，元宵節又叫「燈節」，也叫做「小過年」，所以這一天的晚上非常熱鬧；在路上，已有很多商家及攤販掛起五顏六色、閃閃發亮的燈籠在叫賣，雖然才下午四點多，路上的人群已變多，尤其伯公廟裡面及附近更是明顯，那一帶已是張燈結綵、人聲鼎沸，熱鬧滾滾。

「來、來、來，我們的新丁粄就在那裡。」阿公帶我進到廟裡，穿過人群，來到一張大長桌，就在長桌的最邊邊，我見到我們的新丁粄，以及二姑和弟弟。

他們兩個像在護衛妹妹的新丁粄，二姑表情自在，弟弟一手牽著二姑，一手提著應該是剛買的ＬＥＤ燈籠，他看起來沒有很開心，臉垮垮的，可能是站太久了。

「換我來顧、換我來顧。」我喊。

「哪需要顧，沒有人會偷的。」二姑說：「我們只是逛累了，站在這邊休息一下。」

然後弟弟看向我，嘴巴蠕動了幾下，像有話要對我說。

「我們的新丁粄真的很大耶。」阿公發出讚嘆聲。

我正想附和，還不來及張口，就先被一陣暴怒聲給喝住：「你們真的做了這麼大的新丁粄來跟我鬥？」

我回頭一看，是阿桐伯來了。剛剛經過雜貨店時，沒留意他有沒有在店裡，我一時興奮，就忘了他的存在。

「我們不跟你比。」阿公說。

「不跟我比，還是拿來拜了，還做那麼大。你這個說話不算話，不守信用的人。」阿桐伯一臉怒意。

「我沒有不守信用，我們只想誠心誠意的感謝伯公的賜福。」阿公還是笑笑的。

「還敢講，我今天絕不會讓你參賽的。」阿桐伯不聽阿公的解釋，急急忙忙去找廟裡的人。

結果他竟然找來我們星期一下午，在鯉魚伯公廟裡遇到的那位老阿伯。

老阿伯今天換上西裝，套上皮鞋。雖然西裝及領帶的款式和花色，不像爸爸的那麼新潮，皮鞋也只是一般的休閒皮鞋，但整個看起來耳目一新，已不是鄉下老阿伯的模樣；尤其是他胸前別的那張紅紙條，上頭寫的那兩個字——「評審」，更是令人肅然起敬。

「我要檢舉有人違反比賽規定。」阿桐伯義正詞嚴的說。

「不要那麼氣沖沖的，有話好說、有話好說。」老阿伯還是那副古道熱腸的樣子，我覺得他的表情及神態，很像坐在神龕裡、帶著笑意的伯公。

「他們家生的是女生，新丁粄的『丁』指的是男生，如果女生也來做，那就失去做新丁粄的意義了。」阿桐伯才不理會老阿伯的建議，依舊怒氣沖天的指控我們。

「哎呀，你說這個幹什麼？」老阿伯輕聲責怪：「不是早就開放了嗎？女生也可以做新丁粄的。這幾年有人建議說，男生要做新丁粄，女生則可以做『桃粄』，不過不管怎樣，我們都開放，怎麼做都可以。現在人孩子生得少，再不開放，就沒人來做新丁粄，這項傳統就會消失。咦，這事你不是早就知道了嗎？」

我覺得阿桐伯是故意來亂的。

「好，我還要說，」阿桐伯又說：「他們的孫女是在年初一之後出生的。從年初一開始，就是新的一年，而我們現在是在為『去年』，也就是年初一之前出生的孩子做新丁粄，所以他們違規，不能讓他們把新丁粄擺在這裡。」

我聽了好驚訝，原來阿桐伯是有備而來的，而他所準備的一切，目的就是要把我們的新丁粄趕出鯉魚伯公廟。

太陰險也太狡詐了吧，我不想讓妹妹的新丁粄被丟出伯公廟，我不想讓妹妹受委屈。只是阿桐伯這麼固執，怎麼辦呢？

「哎啊，這麼計較幹什麼……」老阿伯苦笑著。

「不計較怎麼行，你們舉辦『鬥粄』、你來當評審，不就是要斤斤計較，看誰的新丁粄比較重，誰就能拿第一的嗎？」

「沒錯，可是他們沒有要參加鬥粄呀，他們就只做一個新丁粄而已。」

「我不管，他們違反規定，就是不能在這裡擺。」

「他們擺的也不是糯米做的新丁粄，這是黏土做的，伯公有同意讓他們放……」

「等一下！」阿桐伯突然喊停，我們全看向他，現場寂靜了好幾秒鐘，在那短暫的時間裡，阿桐伯不停的轉動眼珠子，像在努力消化剛剛所聽到的對話內容。

過了一會兒，他回過神來，才說：「你是說，他們的新丁粄是用黏土做的？」

連同老阿伯在內，我們五個人一起用力點頭。

「你是說，」阿桐伯吞了吞口水：「他們沒有要參加鬥粄？」

我們四人又一同認真的點頭，只有阿公笑咪咪的說：「我早就跟你講，只是你沒在聽。」

看著阿公笑，阿桐伯也跟著傻笑起來，最後連我們四人也一齊呵呵笑。

「原來這是黏土做的新丁粄啊，怎麼做得這麼像呢？」阿桐伯戴起老花眼鏡，低頭仔細查看妹妹的新丁粄。

「你這個人就是這樣，」阿公數落他：「都這麼老了，還這麼愛跟人計較，人生啊，不用這麼愛計較。」

「你是『楊仙』，而且你拿過第一，我還沒啊。我這輩子就是愛計較呀。」

看樣子，阿桐伯這輩子是註定當不成「仙」了。

誤會已冰釋，我們終於可以安心回家，大家說好吃過晚飯再來欣賞各家的新丁粄，那時會更熱鬧。

我們邊走邊聊，可是我卻發現弟弟愁眉苦臉的，曾有一次他靠過來拉拉我的衣袖，我問他怎麼了，他卻一副有口難言的樣子。

能讓弟弟這樣欲言又止，只有一個可能。

只是他不說出來，我也不主動點出。

不是我想當個縮頭烏龜，是因為我想到我們已經「盡人事」——

新丁粄已擺在伯公廟裡，我們的感謝及期盼，伯公應能感受到，明天妹妹的手術一定會順利的。我想了想，還有什麼沒做到嗎？

應該沒有了。

剩下的，就「聽天命」吧！

回到家中，二姑趕緊去廚房準備晚餐。弟弟拉我到門口，然後又突然急轉彎，把我拉到往二樓的樓梯口。

「你們兩兄弟在做什麼？走來走去的，都擋到我看電視了。」阿公說。

我們不管他，弟弟在昏暗的燈光中，緊緊的看著我的眼，還沒開口，就聽到玻璃門被推開的聲音，輕快的笑聲立刻從屋外傳進來。

19. 媽媽的祕密

弟弟一聽，精神為之一振，馬上大喊：「是媽媽回來了！」

我回頭一看，可不是嗎？爸爸載媽媽回來了。

「媽媽，妳怎麼回來了？」弟弟高興的投入媽媽的懷裡。

「對呀，回來看你們，這就是祕密呀！」

「媽，妳好壞，都不跟我講妳的祕密。」

媽媽看向我，說：「志明，你要不要也來抱抱？」

我立刻害羞的搖搖頭。

媽媽又轉頭跟弟弟說：「我還有一個祕密，等一下吃完飯再告訴你。」

「媽，是什麼，快告訴我啦。」弟弟像賴皮的小狗，黏在媽媽身上。和剛剛欲言又止、愁眉苦臉的模樣相比，這轉變也太劇烈了吧。我想弟弟可以在元宵節的晚上，上臺表演「變臉」了。

「等吃完飯再說，我要看你把飯吃光光才要說。」

「啊，媽好討厭，那我也要等妳吃完飯，才告訴妳我們的祕密。」

弟弟看向我和阿公，我們倆都笑得很神祕。

「那就吃完飯再說囉。」媽媽馬上就答應。

「啊，媽好討厭，每次都這樣捉弄我。」

二姑很快就把晚餐弄好，媽媽吃她自己帶回來的坐月子餐，我和弟弟三兩下就把晚飯扒光光。

大人們還在慢條斯理的用餐，我和弟弟就在一旁，不斷的催促他們快一點。

吃完水果，已是七點半。

大家還聊到妹妹的狀況，媽媽笑笑說，她今晚沒辦法到加護病房看她了，不過明天一早，她和爸爸就會到醫院為她加油打氣。

少看一次妹妹媽媽就這麼在意，那她為什麼要特意回來呢？

「好啦，我們一起出門，去看祕密了。」媽媽逗弄弟弟。

「媽，妳怎麼知道我們的祕密要出門看？」弟弟問。

「原來你們的祕密也要出門喔？」媽媽故意露出驚訝的神情。

「對，我先帶妳去看我們的祕密，妳看了一定很感動，然後妳再跟我講妳的祕密。」弟弟興奮的說。

於是我們一家人，連同二姑，一齊走到鯉魚伯公廟那兒，弟弟一路蹦蹦跳跳的，還把他手上的電子花燈甩啊甩的，ＬＥＤ燈太過閃亮，再加上路上有數不清的大小花燈在閃爍，害得我眼花撩亂、差一點就分不清東西南北。

來到鯉魚伯公廟，那裡已是人山人海，我們努力排開人群，勉強擠到我們擺放新丁粄的長桌附近。

眼看它就前方不遠處，卻怎麼也接近不了，怎麼民眾全圍在那兒呢？

「楊志明，你來了！」有人在呼喚我。

我聽聲辨位，原來我前面的那個人是吳俊杰，現場太吵雜、太擁擠，我竟沒看到他人就在我前頭。

「楊志明來了，他就在後面！」吳俊杰一呼喊，前方的人群紛紛轉頭看我。我看到陳泰誠、廖哲維那些男生，還見到劉怡蓁那些女生，以及郭如瑤和她媽媽，我算一算，班上就來了十多位同學。他們把妹妹的新丁粄團團圍住，女生們還拿相機或手機，「咔喳、咔喳」的在拍照，還是女生比較細心，會懂得拍照留念。

「楊志明，做得不錯喔，我給你九十五分！」有人拍了拍我肩頭說。

我扭頭一看，是廖老師，他旁邊站的是班導，他也滿意的點頭微笑。

我很感動，只是弟弟有點不耐煩。

「借過、借過！」見我停滯不動，他牽著媽媽放聲大喊。

「大家借我過，我想帶媽媽看我妹妹的新丁粄！」我也喊。

好不容易擠到最前頭，已是滿身大汗，媽媽則彎腰細看我們做的新丁粄。

「很大、很漂亮……」她說著。

我指著新丁粄前面的紅色立牌說：「我本來是想寫——『楊志明的妹妹』。」

意思是，這塊新丁粄是做給楊志明的妹妹。

「不好、不好！」弟弟馬上搖頭說不好。

「弟弟說要用他的名字，變成『楊志穎的妹妹』。不過換我覺得不好。」

「所以我們最後決定用『妹妹的新丁粄』。」弟弟搶著說。

媽媽對著「妹妹的新丁粄」這幾個字看了好久，最後她挺起身，感動對我們說：「你們真的好棒，你們是最棒的哥哥。」

見到她眼眶微微潤溼，我的視線也跟著模糊起來，媽媽想抱住我和弟弟，不知怎麼的，可能是人太多，尤其是同學們都在場，讓人覺得尷尬，我於是稍稍側身，閃過媽媽的右手。

「這個粄我也有做。」阿公在後面強調。

「爸，謝謝你。」媽媽趕緊向阿公說聲謝謝。

「媽，那妳的祕密呢？」弟弟問。

「我們的在哪裡？」媽媽轉頭問爸爸。

「那裡。」爸爸高舉左手，將食指指向我們的左方。

於是我們一家人又一同擠向左側。

「媽，妳也有做新丁粄嗎？」機靈的弟弟馬上猜出媽媽的祕密。

「嗯。」媽媽輕輕的點了點頭，還大聲的誇讚弟弟很聰明。

在移動的過程中，又有人拍我的臂膀，是羅神父，他用他的洋腔洋調說：「咩咩的新丁粄做得很豪。」

翻成正常的腔調就是：「妹妹的新丁粄做得很好」。

他還跟我說，我們的新丁粄出名了，有很多人去看。我的同學之中，有好幾個是從東光幼兒園畢業的，所以他們向羅神父，以及其他人推薦，所以妹妹的新丁粄知名度越來越高了。

神父還說，他會繼續為我的妹妹祈禱的。我馬上跟神父說謝謝，因為媽媽他們已走遠，我於是趕緊跟神父說再見。

等我擠到阿公身邊時，大家正笑咪咪的欣賞妹妹的另一塊新丁

粄。

「這是你爸請人訂製的，我們也是想向伯公祈福，所以今晚回來拜拜，並看看這塊新丁粄。」媽媽跟我說。

這粄做得不大，不像我們那塊那麼誇張，但漂亮精緻，很適合女孩子家。

新丁粄的立牌上寫著：「劉雅玲之女」。看到那幾個字，我才想到還沒為妹妹取名字。

「因為時間匆促，千拜託萬拜託之下，餅店只能幫忙做到那麼大，而且也只能做一塊。」爸爸說。

「這樣就夠了、這樣就夠了，有誠意，心意到就好了。」阿公像在對鄰桌的阿桐伯說。阿桐伯相當得意，笑得合不攏嘴，很多人向他賀恭禧，因為他做的新丁粄果然得到第一名。

阿公說得真對，我們全家人都有想到要為妹妹做新丁粄，我們誠心誠意的謝謝伯公送我們一個妹妹，然後我們也很誠心誠意的期盼伯公能讓妹妹平安健康。

我想，我們的感謝及期望，一定能上達天聽的。

20. 媽媽的擁抱

看完新丁粄，爸爸要載媽媽回臺中，他們明天一早就要到醫院。

原本弟弟很開心，一聽到媽媽要回臺中，就變得心神不寧。

上車前，媽媽在家門口用力將他抱了抱，他才變得比較釋懷。

「爸，娃娃明天要做手術，手術完還要住院，我可能要等她出院後，才回來家裡住。」媽媽對阿公說。

「沒關係、沒關係。」阿公忙不迭的說。

「志明，」媽媽走到我面前，輕聲跟我說：「我知道你為妹妹做了很多事，像拜託同學的媽媽到家裡，或是做妹妹的新丁粄，這些都是你想到的，而且也很努力去做，對不對？」

我看著媽媽的眼睛，她的眼睛清澄又明亮，就像兩顆溫潤又明亮的寶石。

我點點頭。

「你做的那些事，阿公和你爸都有跟我講。」媽媽說：「你是最棒、最懂得照顧弟妹的哥哥。」

我愣住了，不知該說什麼。

「不過我也知道這當中你很累、很辛苦……」

不累、不苦，只是鼻子有點酸酸的。

「謝謝你……」媽媽說。

輕描淡寫的幾句話，就讓我眼眶含淚。說真的，這個禮拜煩惱的事好多、好多，不停的擔心受怕，還要照顧好阿公和弟弟，心中有苦也沒法全部說出來。自己一個人承擔，真的有點累了……

可能是見我一臉委屈，媽媽向前半步，張開手，我猶豫了一下，終於忍不住，投入媽媽懷抱，讓媽媽緊緊的抱住我。

媽媽走了之後，弟弟一臉嚴肅的走到我身旁。

「哥，我跟你說。」他一本正經的說。可能是因為我跟媽媽抱太久，他吃醋了。

「進去裡面說。」他強調。

我們來到三樓臥室。臥室的窗戶就對著馬路，弟弟先到窗邊看了看，才回過頭跟我說：「我下午又看到那個小男生到我們家。」

果然是這件事。

「他又跟我講一次，說明天就要帶走妹妹。他說我騙過他，怕又被騙，所以這次要等在我們家門口。」

我不安的瞅瞅窗外，外頭漆黑一片，讓我心生畏懼。

「我傍晚就要跟你說，只是沒機會。」

我想到弟弟傍晚時，拉我到一樓樓梯口的情景。

「他就一直坐在我們家門口不走，我趕都趕不走。我不喜歡看到他在那裡。」弟弟說。

「他現在還在嗎？」

弟弟搖搖頭，說：「我們晚上回來後，他還是一樣坐在那裡，他還跟我笑。」

我又想到剛剛弟弟心神不寧的模樣，原來他是在意這個「小男生」。

「可是在你跟媽媽抱抱的時候，一個我不認識的老阿公出現了。」

「老阿公？」那時候，我根本沒見到什麼「老阿公」，難道是我淚眼模糊，眼花了嗎？不可能，那時路上沒其他外人，我很確定。因為小男孩的關係，對家門口的狀況，我這幾天都看得很緊。

「對，老阿公，」弟弟想了想，說：「他臉笑笑的，手上還提一盞魚的燈籠，魚的身上畫著一片一片的鱗片，他一走到哪兒，魚的燈籠就把那裡照得亮亮的。」

「魚的燈籠？」我今天在街上走了好幾圈，也沒見到有人在賣魚的燈籠。弟弟形容得很詳細，還把「鱗片」這細節說出來……所以我在想，是不是弟弟又看到不該看的？

「對，魚的燈籠。」弟弟很肯定的說。

「然後呢？」

「他走到我們家門口，告訴那小男孩，說他該回去了。」

「好奇怪喔。」這種鬼鬼怪怪的事，小孩子不應該多聽、多看的。

「是很奇怪。結果那個小男生不肯，他說他要在這裡等到明天，老阿公一生氣，就伸手去拉他的耳朵，小男生哇哇叫，可是老阿公不管，就這樣拉起他的耳朵，把他提走了。」

「把他提走？這麼神奇！」我驚訝的說。

「嗯，就像提燈籠一樣。」弟弟用力的說：「那個老阿公看起來人很好。我不認識他，可是又好像在哪裡見過他。」

「小男生現在還在嗎？」我不放心的再問一次。

「不在了，我覺得他不會回來了。」

我想了想，只有一個可能，於是帶著弟弟，對著窗外的天公，虔誠的拜了拜。

一種奇妙的感覺自心中升起。

「明天妹妹的手術一定會成功，她一定會好起來。」我斬釘截鐵的對弟弟說。

「這是一定的。」弟弟喊：「因為我們有為妹妹做新丁粄！」

「沒錯，鯉魚伯公一定會保佑她的！」我也帶著感激的聲音，用力的說。

寫個溫暖的故事（後記）

這故事有兩個重點，一個是唐氏兒妹妹的出生，一個是客家新丁粄習俗。這兩件風馬牛不相干的事，卻像影子一般，一輩子黏在我身上。

我的大兒子是一個唐氏兒，故事中唐氏兒妹妹的心臟病，所描述的嬰兒房、重症病房、加護病房，及親友們對她的關愛等，很多都是截取我們所經歷過的。

曾寫過一本名為《爸爸的超級任務》的故事書，書中的主角是一位唐氏兒；當時就告訴過自己，再也不要寫有關特殊孩子的故事，一方面怕自己自怨自艾，繞不出來，一方面怕寫多了，別人會以為我是個「智障作者」——一個專寫智障故事的作者。

不過在這本書中，我還是把「唐氏兒」給放進去了。沒辦法，因為我的大兒子實在太特殊，我每天跟他生活在一起，很難不受他影響；我想，這就是所謂「近朱者赤、近墨者黑」的道理吧！

本書另一個重點就是客家元素。

會以這材料創作故事，跟別人沒關係，完全是我心裡作祟。

隨年歲增長，離童年越來越遠，可是不知怎麼的，我越來越惦念起我小時候，以及曾住過的那客家山城。因為忘不了小時在鯉魚伯公廟提燈籠、鬧元宵、看新丁粄的情景，於是以故鄉的新丁粄習俗為背景，設想了一個故事。

故鄉新丁粄的「鬥粄」習俗並不像書中描述得那麼簡單，當然也沒有很複雜。想參加比賽者，得先參加鄉里的「新丁會」，一個會有幾十戶人家（幾十個會員），會員每年固定繳交會費，等哪年生了男孩（以前人孩子生很多），會員就有資格參加當年的門粄比賽，名列前茅者就可獲得獎金。

我出生那一年，阿公就有為我製作新丁粄參加比賽，那時按照會員數，有多少會員就必須製作多少個新丁粄，比賽結束後，每位會員可以分到一個我們請人製作的新丁粄回家，結果阿公一不小心多加了一些斤兩，讓我的新丁粄得了第一。

其實拿不拿第一有時不是重點，重點在於開心、分享喜悅，並感謝上天。

最後想說的是，會寫故事真好，很謝謝老天爺賜予我這能力，雖然祂給我的天賦不太多，沒法讓我變成大文豪，常讓我在寫故事時捉襟見肘，苦思良久；不過我在寫完這故事之後，有一種完成心願，稍稍獲得慰藉的感覺——我沒法用文句完整的描述那種安慰感，因為老天爺給我的天份太少了。而這也是為什麼我明明已得過二屆「九歌現代少兒文學獎」首獎，一次評審獎（二獎），甚至當了這比賽三年的評審後，還要「恬不知恥」前來參賽的原因。

所以我也很謝謝九歌主辦這個比賽，藉由這場盛事，讓更多人知道我寫的故事，讓回不到童年的我，稍稍彌補缺憾，我想我應該再做一批新丁粄，送給九歌辛苦、忙碌的工作人員。

鄭丞鈞

於二〇一四年七月

九歌少兒書房 237

妹妹的新丁粄

著者	鄭丞鈞
繪者	蘇力卡
責任編輯	鍾欣純
創辦人	蔡文甫
發行人	蔡澤玉
出版發行	九歌出版社有限公司 臺北市八德路3段12巷57弄40號 電話／25776564・傳真／25789205 郵政劃撥／0112295-1
九歌文學網	www.chiuko.com.tw
印刷	晨捷印製股份有限公司
法律顧問	龍躍天律師・蕭雄淋律師・董安丹律師
初版	2014（民國103）年8月
定價	**300元**

書號　0170232

ISBN　978-957-444-950-7

（缺頁、破損或裝訂錯誤，請寄回本公司更換）

國家圖書館出版品預行編目(CIP)資料

妹妹的新丁粄 / 鄭丞鈞著 ; 蘇力卡圖. -- 初版. -- 臺北市 : 九歌, 民103.08
面 ;　公分. -- (九歌少兒書房 ; 237)
ISBN 978-957-444-950-7(平裝)

859.6　　103012135